Un asunto de familia

CLAIRE LYNCH
Un asunto de familia

Traducción de Laura Salas Rodríguez

RANDOM HOUSE

Papel certificado por el Forest Stewardship Council®

Título original: *A family matter*

Primera edición: febrero de 2026

© 2025, Claire Lynch
© 2026, Penguin Random House Grupo Editorial, S. A. U.
Travessera de Gràcia, 47-49. 08021 Barcelona
© 2026, Laura Salas Rodríguez, por la traducción

© 1991, «Peanut Butter», en Eileen Myles, *Not Me*, y © 2015, *I Must Be Living Twice/new & selected poems*
© 1995, 2002, «What Kind of Times Are These», en Adrienne Rich,
The Fact of a Doorframe: Selected Poems 1950-2001

Printed in Spain – Impreso en España

ISBN: 978-84-397-4617-1
Depósito legal: B-21.394-2025

Compuesto en La Nueva Edimac, S. L.
Impreso en Gómez Aparicio, S. L. (Casarrubuelos, Madrid)

RH 46171

ÍNDICE

JULIO DE 2022

Un producto inesperado 19
Noticias locales 22

JULIO DE 1982

Un mercadillo 27

AGOSTO DE 2022

Descanso 35
La importancia de los hipopresivos 38

AGOSTO DE 1982

Cada uno en su casa 43
La gente cuenta historias 47

SEPTIEMBRE DE 2022

Rutina 53
Guía de conversación para principiantes 58
Errores sintácticos 60

SEPTIEMBRE DE 1982

«Wooden heart» 67
Todas las largas horas, todos los días 69
Palabras pronunciadas 73
La familia nuclear 75

OCTUBRE DE 2022

Pague antes de salir 83
Fuentes fiables 86
Canción de cuna 92

OCTUBRE DE 1982

Suave 97
Duro 101

NOVIEMBRE DE 2022

Al final, es el papeleo 107
Protección infantil 112
Y otras historias 115

NOVIEMBRE DE 1982

Las reglas se aplican a todo el mundo 123
Cuesta mucho esfuerzo encontrarlas 129
Nadie piensa en después 136

DICIEMBRE DE 2022

Es difícil, pero cuando te estás divirtiendo 141
Normalidad 146
Es por los niños, en realidad 149

DICIEMBRE DE 1982

Recta e imparcial justicia 159
No las respuestas, sino las preguntas 164

ENERO DE 2023

Los anticuerpos defienden y luchan 175
Es lo que tiene elegir el momento 179
Una partida de ajedrez 183

ENERO DE 1983

Bizcocho casero 191

FEBRERO DE 2023

Estás en la ruta más rápida 197
Bajamar 203
Y esto, esto también es una canción de cuna 206

Nota de la autora 215
Agradecimientos 219

why shouldn't
something
I have always
known be the
very best there is. I love
you from my
childhood,
starting back
there when
one day was
just like the
rest, random
growth and
breezes, constant
love, a sandwich
in the
middle of
day

De «Peanut Butter»,
EILEEN MYLES, 1991

I've walked there picking mushrooms at the edge
of dread, but don't be fooled this isn't a Russian
poem, this is not somewhere else but here,
our country moving closer to its own truth and
dread, its own ways of making people disappear.

De «What kind of times are these»,
ADRIENNE RICH, 1995

*A aquellos que hacen todo lo que pueden.
Es lo máximo que se puede hacer.*

JULIO DE 2022

UN PRODUCTO INESPERADO

Cinco horas y media después de enterarse de que se estaba muriendo, Heron condujo hasta su supermercado preferido. A falta de alternativa y siendo jueves, decidió seguir su rutina. No es un secreto que a Heron le gusta hacer la compra semanal los jueves. A última hora de la tarde si es posible, o a media tarde como muy pronto. Su familia se burla de él por eso, por sus extrañas inflexibilidades.

«Vive un poco –le había dicho su hija la semana anterior–. Ve a hacer la compra el lunes por la mañana, a ver si te atreves». Pero los jueves son tranquilos y eso le va bien. Los jueves son sensatos. A Heron le gusta empezar el fin de semana con el frigorífico lleno, a pesar de que sus fines de semana, en realidad, ya son casi como cualquier otro día de la semana.

Al subir la escalera mecánica encuentra un carrito pequeño, el término medio perfecto, como ha pensado él siempre, porque un carro grande es demasiado, y una cesta no llega. Heron es un comprador organizado: coloca los productos en la bolsa reutilizable que tiene asignada a cada armario de la cocina. Pone los artículos de limpieza separados del pan. No se apresura, no olvida la leche, no aplasta la ensalada. Heron no es de las personas a las que les molesta que cambien la disposición del supermercado de vez en cuando. Al contrario, él casi disfruta el punto de búsqueda del tesoro que le otorga a la tarea de encontrar la mermelada de naranja. Si le preguntasen, no sabría decir por qué compra de esa manera en particular: el sistema habla por sí solo.

Heron empuja el carrito hasta la zona más alejada y fría del supermercado. Por razones obvias, siempre elige en último lugar la comida congelada. Hoy introduce un gran cambio en su rutina al abrir la tapa de cristal de una isla congeladora que le llega a la cintura, alisar con la mano las bolsas de patatas en forma de caritas sonrientes y meterse dentro.

Al principio nota más el olor que el frío. Aun con la tapa ligeramente abierta, dentro del congelador huele a almidón y el aire está viciado. Resulta sorprendente darse cuenta de que en realidad se está bastante cómodo en un congelador, a pesar de que la escarcha está empezando a empaparle la parte trasera de las rodillas. Heron ajusta los omoplatos, estira las piernas y las caras de patata encuentran su sitio por debajo. Se tumba inmóvil en la paz amortiguada de la isla congeladora, y vive.

Heron había sentido cierta lástima por la médica, una mujer más bien joven que no dejaba de juguetear con su bolígrafo a pesar de tener las mejores intenciones. No debe de ser fácil tener que decírselo en voz alta a alguien.

–Hay folletos. Y sitios web –había dicho la doctora; después se había movido solo un poco y había extendido la mano para tocar el escritorio, para demostrarle que al menos esa parte había acabado.

Heron se había puesto en pie demasiado rápido, embrollando su chaqueta en el respaldo de la silla, antes de decir, de forma absurda:

–Es impermeable.

Aun así, no hacía tanto frío en el congelador como se podía pensar, o a lo mejor es que hacía tanto frío que ya no lo notaba, también podía ser.

Heron levanta la vista hacia la tapa de cristal empañada. Mira más allá, hacia las luces fluorescentes y las viguetas de acero del techo del supermercado.

Ahora hay cosas que tendrá que hacer. Cosas que tendrá que decir. Que admitir. Mira el hielo que gotea y brilla en la cara interna del congelador, más allá de su cabeza. Las sonrisas enloquecidas y los ojos huecos de las caras de patata. Mira esas cosas y se encuentra bien. Heron se encuentra tan bien que podría haberse quedado en el congelador para siempre, sin más, si una mujer no hubiese soltado un grito al abrir la tapa en busca de unos guisantes congelados.

Hacen falta tres empleados para sacarlo. Resulta que está bastante frío, de hecho. Tiene la parte trasera de la cabeza mojada y las rodillas doloridas y rígidas. El encargado se muestra muy amable, alegre incluso al decir: «Vamos a sacarlo de ahí, señor, ¿le parece?» y «¿Quiere que llamemos a alguien?».

Solo al llegar a casa entiende Heron el tono de voz del encargado. Sereno, tolerante, como si encontrarse a un hombre tumbado en un congelador fuese algo previsible dentro de una variada carrera como minorista. Heron entiende entonces lo que vio el encargado. Un anciano confuso. No del todo en sus cabales. No del todo en su juicio.

NOTICIAS LOCALES

Antes de dormir, Heron llama a su hija por el fijo. No le gusta usar el móvil en casa.

—Soy yo —dice, como siempre.

Entonces se detiene y espera a que ella diga «Anda, qué sorpresa» o «Cuánto tiempo sin saber de ti», como hace cada noche, sin falta.

Cuando Maggie le pregunta a Heron por su día, él tiene mucho que contar. Le habla de la pareja joven de enfrente, que está poniendo césped nuevo, como si no se hubiesen dado cuenta de que está prohibido usar las mangueras. Le habla, con bastante detalle, de un documental interesante sobre los parques eólicos que han dado por la radio. ¿Lo ha oído?

Maggie dice que no.

Heron habla y Maggie hace ruiditos para que sepa que lo escucha.

Ajá. Ya. «Interesante», dice, o «Qué bien».

Heron habla, pero algunas cosas no salen a colación. El hospital, por ejemplo. El supermercado. Algunas cosas están mejor debajo de la alfombra, piensa Heron. De momento. Si intentase explicarlo, saldría todo de mala manera. En lugar de eso, se limita a temas más seguros: el nuevo catálogo de semillas, que llegó el día anterior. El café gratis que le toca por su tarjeta de fidelidad. Maggie escucha y espera un hueco, la oportunidad de abandonar la conversación con un «Bueno, será mejor que te deje. Que duermas bien».

Heron lo permite, es una salida para ambos.

—Tú también.

—Buenas noches entonces.

—A ver —dice Conor—. ¿Cuáles son las últimas noticias sobre la reforma del ático del vecino?

—Sin comentarios —le dice Maggie a su marido—. Hoy no ha habido muchas novedades.

Maggie sirve dos copas de vino recién sacado del frigorífico y las llena un poco demasiado para ser jueves por la noche. Al tenderle una a Conor se da cuenta de que él está un poco decepcionado. Las llamadas nocturnas de Heron normalmente son una mina. Maggie lo había oído bromear con sus amigos una vez en una fiesta, diciendo que sabía más del problema de su suegro con los pulgones de lo que sabía sobre política de Oriente Próximo. Maggie se daba cuenta de que en teoría ella también tenía que reírse, ver el lado divertido de las rarezas de Heron. Pero a Maggie no le había hecho gracia. No le importaba que su padre se lo contase todo; siempre había sido así. Todos los pequeños detalles de su día, sus pensamientos y teorías del momento. Conor no lo entendía, o no quería entenderlo. En lugar de reírse, Maggie había contestado, delante de todo el mundo, «A lo mejor tendrías que leer la prensa con un poco más de atención, cariño» y, de regreso a casa, había reinado el silencio en el coche.

Una vez vaciadas las copas, cierran con llave y le dan de comer al gato. Conor recoge el portátil y el cargador que se llevará al trabajo para ahorrar tiempo por la mañana. Maggie mira el horario del frigorífico para ver qué necesitarán los niños al día siguiente. El palo de hockey de Tom, los almuerzos, un impreso que Maggie debe firmar para que Olivia vaya a la acampada de la escuela. Hay cosas distintas para el día siguiente y el de después. Es tarea suya recordar las cosas, aunque los niños ya no son bebés, aunque Conor es un hombre adulto totalmente capaz de realizar por sí mismo tareas más difíciles que leer los turnos de los trayectos en coche. Aun así, lo hará ella, para que todos sigan en movimiento. Para que todo siga su curso.

JULIO DE 1982

UN MERCADILLO

En los escalones de la parte delantera del salón parroquial, dos adolescentes sacuden unas huchas de plástico llenas de monedas que saltan y tintinean.

—Veinte céntimos la entrada. Diez los niños —canturrean como una cantinela.

Dawn mira su monedero. Están a primeros de mes, así que no está apurada, pero necesita estirar el dinero. Han abierto una peluquería nueva en la calle principal, y los aprendices te cortan y te secan gratis si llegas fuera de horario. Si hace eso, podrá usar el dinero de la peluquería para comprarse la chaqueta vaquera que ha visto en el catálogo.

Se da cuenta de que la recaudación del mercadillo va destinada a algo. ¿El techo de la iglesia? ¿Los leprosos? No consigue leer la etiqueta pegada con cinta adhesiva a la hucha, las letras gruesas escritas con rotulador.

—¡Es para nosotros! —dice la girl scout al verla aguzando la vista para leer—. Necesitamos un nuevo hornillo de campamento.

Dawn reconoce a una de las chicas; fue al colegio con su hermana mayor, hace una vida, hace cinco minutos. Echa las monedas a la hucha y las chicas le devuelven una sonrisa igual de metálica.

Cuando era pequeña, la abuela de Dawn se la llevaba a los mercadillos que se hacían cerca de las casas pudientes. A Dawn

27

le gustaba comprar una prenda de ropa y una cosa que llevar en la mano. En un buen día, el contenido de su monedero de cuentas daba para ambas cosas. Una falda nueva y un brazalete, por ejemplo, o, en una ocasión memorable, un impermeable casi nuevo de PVC y un llavero de la torre Eiffel. En el autobús, volviendo a casa, la abuela se ponía a cotillear con mujeres que seguían llevando alfileres en el sombrero y Dawn rezaba para que ninguna niña del colegio reconociese en su nuevo top preferido el que ella había desechado. A Dawn le seguían gustando los paseos en autobús por la ciudad, y seguía teniendo un gusto por la moda desacorde con su presupuesto. Ahora acudía sola a los mercadillos, buscando tesoros bajo las montañas de pantalones de vestir descartados y los uniformes de colegio que se habían quedado pequeños.

Todo el mundo sabía que las mejores prendas eran las primeras en desaparecer. Las mujeres mayores con carros de la compra a cuadros eran más hábiles en sus maniobras que las jóvenes, apoyadas en cochecitos de bebé. Todas ellas eran expertas a la hora de seleccionar o desechar, a la hora de mirar etiquetas buscando la marca Saint Michael, santo patrón de las costuras fuertes. Dawn da vueltas por el vestíbulo sonriendo como un político, con paso sereno y sin mostrarse desdeñosa ante ninguna blusa manchada, no vaya a resultar que su antigua propietaria sea la mujer que se halla al otro lado de la mesa de caballete. Pasa la mano por algunas prendas infantiles, un par de vaqueros desgastados, una chaqueta color mostaza con el oso Rupert bordado en el bolsillo delantero. No se aleja de las mesas y estira el brazo para tocar mangas y dobladillos, el tejido y los estampados de recuerdos ajenos.

Dawn lo encuentra a medio camino, el artículo perfecto que no sabía que estaba buscando. Por debajo de una pila de mantas de bebé hechas a ganchillo, saca un jersey de lana Aran color crema. Lo último que alguien querría comprar en julio. Mientras se lo pone por encima para ver la talla, la mujer de enfrente dice «75 centavos». Y luego, entre risas: «Te pediría una libra, pero Dios sabe lo que pasará cuando intentes lavarlo». Dawn le da las gracias, suelta las monedas en la tarrina de helado y echa un último vistazo alrededor para comprobar que no ha pasado nada por alto. La mesa de adornos y accesorios es más de lo que puede afrontar ese día, al igual que los zapatos, deformados por pies ajenos, atados en pares con gomas.

No la espera nadie en casa durante al menos una hora, así que Dawn encuentra la mesa de tentempiés y se da el capricho de tomar un té y un bizcocho en forma de mariposa. Al otro lado del vestíbulo, un par de ancianas evalúan prendas de compresión color carne y Dawn las observa mientras tironean en direcciones diferentes, para comprobar si resistirían otro uso.

—Carnaby Street siempre pone los dientes largos —dice la mujer que está en la mesa de al lado, y Dawn escupe el sorbo de té de vuelta a la taza.

Levanta la vista y ve a una mujer joven que acerca la silla a la mesa, al tiempo que coloca su taza azul y su platillo justo al lado de los de Dawn. Se inclina hacia ella y le sonríe, como si no fuesen unas completas desconocidas.

—¿Has encontrado algo bonito?

Y ya está, están hablando.

Hablan de lo que no han comprado, de lo que sí. Dawn saca el jersey de la bolsa y lo levanta para inspeccionarlo. Los botones son como castañas, piensa Dawn, eso es.

—Tejido a mano. —La mujer asiente a modo de aprobación—. Debe de haber llevado horas.

—Eso pensé yo también. Me lo han dejado por menos de una libra. ¿Y tú?

La mujer mete la mano en el cesto de mimbre que tiene a sus pies y empieza a desenvolver uno de los paquetes de papel de periódico. Dawn aprovecha la oportunidad para mirarla, para escrutarla. Tienen más o menos la misma edad. Parece alta, aunque cuesta decirlo, porque está sentada. Un poco pija, piensa Dawn, por su forma de hablar. Por la forma de dar por sentado que Dawn quiere hablar con ella. A Dawn le entran ganas de preguntarle dónde ha comprado los pendientes. Tras desenvolver el paquete, con el papel de periódico arrugado sobre su regazo, la mujer levanta una copa de champán a juego con otras tres, pequeñas y no muy profundas, con un delicado ribete verde. Las mujeres miran a la vez el cristal y la luz que incide en él. Bonito, pero poco práctico.

–Para las cenas que nunca organizo –dice–. ¡Chin, chin! Levanta la copa vacía con un aspaviento, con una voz un poco demasiado sonora para una persona sentada en el rincón de los tentempiés de un mercadillo de iglesia, lo cual le granjea murmullos de desaprobación del comité de la Organización Benéfica de Madres. La mujer sonríe de oreja a oreja y Dawn se sonroja hasta la línea del pelo cuando la gente se vuelve a mirarlas. Dawn había ido allí a tomarse un descanso, buscando la oportunidad de esconderse en una antigua versión de sí misma durante un par de horas. Es una sorpresa que la mañana se haya convertido en una pequeña aventura. Cuando la mujer cruza la mirada con ella, Dawn se siente cómplice, atrapada, como siempre le pasaba en el colegio, en la compañía de alguien más atrevido, al borde de una diversión que en realidad no era la suya. A la mujer no le había importado en absoluto montar una escena; se limitó a envolver de nuevo la copa en el periódico, colocó con cuidado la taza de té vacía en su platillo y dijo:

–Creo que me marcho.

Y Dawn, para su inmensa sorpresa, se oyó decir:

–Yo también.

Lo que ocurrió a continuación no fue nada: las dos abriendo las puertas de vaivén de un empujón y saliendo de la iglesia como si estuviesen huyendo de la escena del atraco a un banco. Hazel, convirtiéndose en Hazel para ella, presentándose.

–Al parecer, me pusieron ese nombre porque tenía el pelo color avellana. ¿O fue por los ojos? ¿Quién sabe? Mi herma-

30

no siempre decía que se habían equivocado de fruto, con la castaña que doy.

Su gesto fingido de enfado cuando Dawn se rio y dijo:

—Ya veo. Vaya, solo te conozco desde hace cinco minutos, pero creo que entiendo qué quería decir.

Era un sábado de verano de los buenos. Césped cortado por todas partes y alguien encendiendo una barbacoa. Hazel, charlatana, imparable, contándole a Dawn que acababa de mudarse a la ciudad, a un pisito justo al lado del colegio, para estar lista cuando empezase el curso.

—Es mi segundo trabajo desde la escuela de Magisterio. Los niños se me van a comer con patatas —dijo, con la esperanza de que fuese una broma.

Dawn, que llevaba toda la vida viviendo en el pueblo, intentaba impresionar cuando Hazel le preguntaba por los pubes locales, o qué se podía hacer en ese lugar donde solo parecía haber campos y casas. Casas y campos. Cuando piensa en el asunto por la noche, Dawn cierra los ojos con fuerza, avergonzada, al visualizarse contándole a Hazel con toda su certidumbre de ratón de campo que The Horse and Groom era mejor que The Plough. Se encoge al pensar el rollo que había soltado sobre las patatas fritas, que si eran mejores en The Princes Fish Bar, aunque Captain Chippy quedase más cerca. Recuerda que Hazel se había reído y había dicho «Justo la recomendación que estaba esperando», y Dawn se había sonrojado de nuevo, mientras intentaba desesperadamente que se le ocurriese algo más atractivo que decir sobre su ciudad natal.

—Hay servicio de tren regular a Londres —había acabado diciendo, cosa que hizo reír aún más a Hazel.

Cuando llegaron a la casa de Dawn, ella señaló con la cabeza la pared enguijarrada y los tiestos colgantes, y se limitó a decir:

—Es aquí.

31

Hazel, sonriente, le había dicho que había sido genial hablar con alguien que no tuviese ni cien ni siete años. Y después se había despedido con la mano, con gestos enormes y entusiastas, como si Dawn se marchase a una larga travesía marina, y no estuviese simplemente andando por el camino de cemento rumbo a la puerta de su casa.

Sabía que debía haber mencionado al esposo y la niña que la esperaban dentro, su vida real. No era una mentira, se dijo Dawn, solo un descanso, unas horas siendo de nuevo una persona joven y distinta. A la que no le importaba nada más que comprar, tener amigos nuevos y charlar. La próxima vez se lo contaría a Hazel, si es que volvía a verla. Dawn había cerrado la puerta tras ella ese día e imaginado a Hazel alejándose colina abajo, en dirección al centro del pueblo, dejando atrás el segundo mejor pub y la marquesina del autobús. Se la imaginó recorriendo las últimas callejitas y subiendo las escaleras de su piso junto a los portones del colegio. Después llenó de agua el fregadero de la cocina y puso en remojo su nuevo jersey usado.

AGOSTO DE 2022

DESCANSO

Maggie levanta el teléfono por encima de su cabeza y hace una foto del cielo, un azul perfecto, de foto, para demostrarlo o dejarlo grabado. Mira durante unos segundos el cuadrado azul, luego pulsa el botón y lo borra. Está satisfecha con la suerte que ha tenido de encontrar sitio en el banco, calentito por el sol del mediodía. Es uno de esos de diseño moderno, divididos por reposabrazos, para evitarle a la gente la incomodidad de codearse con un extraño. Para negarles a los sintecho la dignidad relativa de dormir en un banco. Come y observa a la gente, que cruza la plaza presurosa con ensaladas y zumos verdes o hablando por teléfono con personas invisibles. Está rodeada de personas que se mueven con un propósito oculto y cuyo paso es casi un trotecillo, un vaivén trepidante y altivo. Tomarse un descanso como es debido para comer es idea de su jefa. «Por el equilibrio», había dicho, y lo que resultaba más nauseabundo: «Descansar es cuidarse, Maggie». Como si sentarse en un banco para comerse un bocadillo del Pret à Manger fuese igual que pasarse una semana en un balneario nórdico. Maggie se muestra escéptica con el tema del descanso. Sospecha que es un desperdicio, a lo mejor incluso una debilidad. En los últimos tiempos tiende a tener pensamientos de ese tipo, sobre que el tiempo pasa demasiado rápido, o que se acaba, incluso. Sobre que todo se le escapa de las manos. Cuando le dijo a Conor cómo se sentía, él le contestó que era solo por la edad, una crisis de la mediana edad de manual. Maggie le avisó de que, si deseaba conservar su integridad física, no debía volver a dar esa explicación. Saca otra foto del cielo azul y la cuelga en internet.

Esa mañana Maggie había discutido con su hijo, la batalla de siempre sobre el tipo y la cantidad de comida que constituía un desayuno adecuado. Luego algo sobre la gente que tardaba mucho, o demasiado poco, en la ducha. No importaba. Era solo vida familiar, ajetreada y verdadera. A excepción de algunas veces, en que resultaba solitaria. Tom se reía de ella, lo sabía, y últimamente también la trataba con condescendencia. En opinión de Maggie, lo más probable es que fuese inevitable, un distanciamiento necesario. Pero esa mañana lo había visto más claro, los había observado a todos como lo haría un visitante. Le ha dado a su hijo tantas cosas admirables, su confianza, su altura, y ahora tiene que vivir con él pavoneándose por la casa, consciente de que otras vidas ya lo están llamando. A los catorce, Tom casi puede verla: una vida mejor, o más interesante, que la de sus padres. Una vida que no gira alrededor de cafeteras superautomáticas y descansos respetuosos para comer. Y Maggie sabe que ella, en lugar de mejorarlas, empeora las cosas, llenando el aire que los separa de todas las cosas aburridas que dicen las madres, que si hay que esforzarse en la escuela y que si quien sabe esperar recibe su recompensa. No deja de hablarle, aun cuando Tom suelta que el color del abrigo favorito de su madre parece comida de gato, o cuando dice que los programas de la tele que le gustan a ella son «burgueses». A veces Maggie le quita importancia y se ríe. Adolescentes. Otras veces está simplemente demasiado cansada para discutir con él, así que desaparece en la pantalla de su portátil y finge ponerse a trabajar mientras busca un aparato para desatascar el fregadero. O se compra un vestido que le sirva para todo el día, sea lo que sea eso. O cualquier tarea que le permita esconderse aun estando a la vista. Porque, a veces, él tiene razón. A veces Maggie tiene que combatir el impulso de decirle sí, de acuerdo, a ese

36

chico que apenas sabe por dónde pisa. Tienes algo de razón. De hecho, estoy de acuerdo. La vida debería ser algo más que lavadoras, correos electrónicos, y acordarse de sacar la basura de reciclaje el día correcto. Pero la vida es también esto. Es todo esto.

LA IMPORTANCIA DE LOS HIPOPRESIVOS

Heron toma las pastillas que le da la médica y las pastillas lo hacen engordar. Para equilibrar este efecto secundario, la médica le dice a Heron que camine, así que Heron camina. Algunos días da vueltas alrededor del centro de la ciudad y añade pequeños recados para darle a su día la sensación de tener algo que hacer. Otros, se embarra las botas caminando por los surcos que han dejado los tractores en los campos que hay detrás de su casa. Los días en que no le apetece caminar, Heron levanta cosas pesadas en el jardín. Las suelta. Las levanta de nuevo. Tanto los paseos como las pastillas lo cansan, pero tiene que seguir en movimiento. Necesita fortalecerse, no debilitarse, eso dice la médica. Tiene que seguir tirando. A finales de verano, la médica le pregunta a Heron si ha pensado alguna vez en apuntarse al gimnasio.

Maggie se ha fijado en su peso, pero no lo ha mencionado; no lo haría ni en sueños. Es parte de hacerse viejo, sin más, se dice. Cuando Heron anuncia que se ha comprado unas deportivas, se queda tan sorprendida como los demás. La mera idea de Heron corriendo en una cinta suscita carcajadas en su familia. Se hacen varias bromas sobre la licra, y cuando su yerno lo llama Mr. Motivator, los niños tienen que buscarlo en Google, y los resultados los dejan descolocados el resto de la tarde. Heron hace caso omiso. Lo tolera todo. Tendría que haberse apuntado hace años, dice.

Heron queda con Jacob cada semana, según el plan, en las bicis estáticas junto al dispensador de agua. Jacob es un entrenador personal; se lo han asignado en el hospital, ni más ni menos. Es joven y está empeñado en que Heron haga ejercicios hipopresivos. Las zapatillas de gimnasio de Jacob están nuevísimas y, cuando Heron le pregunta, le explica que guarda en su taquilla un par de zapatos especiales para el trabajo que nunca usa fuera. A Heron le cae bien Jacob, le gustan los papelitos que le da para que marque en la lista los ejercicios y repeticiones que ha hecho, le gustan todas las cosas nuevas que le enseña sobre los batidos de proteínas. Heron no es el mayor allí, ni de lejos. Su familia está muy equivocada. El gimnasio está lleno de gente que ama su cuerpo desde hace mucho y quiere mantenerlo, fortalecerlo, hacer su parte. Aun así, no es fácil. El cuerpo de Heron ha olvidado cómo moverse de esa forma, o no lo supo nunca. Asiente mientras Jacob le enseña cómo hacer zancadas.

–Espalda recta –explica–. Un poco más abajo, si puedes.

Heron hace lo que le dicen, o lo hace lo mejor que puede. Se pregunta si podría explicarle a Jacob hasta qué punto desorientan los cambios del cuerpo. Ni siquiera se había percatado de lo que estaba pasando; pero un día vio su reflejo en el espejo del baño, y se dio cuenta de que era su padre. A Jacob le ocurrirá también, piensa Heron, aunque eso no se lo dirá. Pelo canoso en el pecho, achaques en los hombros y las caderas.

Al volver a casa del gimnasio, Heron pasa por la tienda de la esquina para comprar lejía con olor a limón. Había otras formas de reaccionar ante el cáncer, lo sabía, pero ya hacía tiempo que tocaba fregar el suelo de la cocina y la médica había dicho que siguiera haciendo vida normal. Después del divorcio, Heron puso cuidado en no descuidar la casa. Lo había visto en muchas ocasiones, hombres que deberían poder hacerlo mejor, viviendo en pisos de una habitación, con el olor de ropa húmeda empapándolo todo y la moqueta de las escaleras llena de migas. Heron pensaba que era una vergüenza ver a pensionistas con coches familiares que no sabían limpiar un baño. Si acaso, el divorcio le había dado la oportunidad a Heron de abrazar su lado doméstico. La semana después de que su mujer se marchase, Heron realizó su primer plan semanal para limpiar la casa. Pasar la aspiradora por la planta de arriba una semana, la de abajo la siguiente. Quitar el polvo los domingos por la noche. En la segunda semana pegó con cinta adhesiva un inventario a la puerta del frigorífico para poder tener controlado su contenido: borraba el pollo Kiev y los helados de chocolate de la lista nada más comérselos. Y en realidad le gustaba mantener la bayeta de la cocina aclarada y bien doblada sobre el fregadero para que se secase. Tenía un boli y una libreta junto al teléfono, las copias de las llaves bajo una tomatera, en el invernadero. La vida de soltero no fue un choque para él como a veces les pasa a otros hombres. Le sentaba bien, todo el mundo lo decía. Sobre todo las mujeres que pasaban por allí con algún pretexto. Que venían a dejar a Maggie después de la clase de baile, o que encontraban alguna otra imperiosa razón para poner el pie en la casa y echar un vistazo. Desde luego, le daba mil vueltas a más de un marido, decían, ya podían aprender a sacar el mocho y darles una pasadita a las baldosas de la cocina. Y Heron sonreía, le quitaba importancia a la cuestión, el divorciado modelo.

—Es lo más normal —insistía, solo hacía lo que tenía que hacer para mantener la casa limpia para Maggie, ahora que solo estaban ellos dos. Además, le gustaba bromear, por eso lo había dejado su mujer, se había aburrido de verlo limpiar el polvo.

AGOSTO DE 1982

CADA UNO EN SU CASA

Tras el mercadillo, Dawn la veía por todas partes. Veía la nuca de Hazel en la cola para comprar el periódico, cuatro personas delante de ella, y prefería esconderse tras las golosinas de un centavo hasta que se iba a enfrentarse a la posibilidad de decir un simple hola. Esa misma semana, Dawn vio a Hazel esperando el autobús a la ciudad, con una bolsa de malla vacía al hombro. Le parecía divisarla al atravesar el parque camino a casa. Sombras y retazos de Hazel dondequiera que Dawn iba. Vislumbraba a Hazel para sus adentros al parpadear. Dawn no la estaba buscando en ninguna de esas ocasiones, pero la veía de todos modos. Era su melena corta, hasta la mandíbula, el flequillo de línea perfecta, como si lo hubiesen diseñado con regla y nivel. Dawn veía a Hazel por todos lados porque admiraba muchísimo su peinado.

Un martes por la tarde, Dawn abrió la puerta para sacar las botellas de leche y vio a Hazel, que, por inexplicable que pareciese, estaba allí, al final del camino. Qué coincidencia, dijo Hazel, resultaba que su paseo vespertino la había llevado por allí justo en ese momento exacto. La coincidencia se repitió de nuevo el miércoles, y el jueves. Y luego siguió repitiéndose, Dawn con una botella vacía en cada mano, Hazel apoyada en la verja de delante, con ganas de charlar y de escuchar. Dawn se iba abriendo poco a poco. El trabajo de Heron, sus grandiosos planes para el jardín. Algo gracioso que su hijita había dicho en el desayuno, al preguntar si los perros eran niños y los gatos eran niñas. Hazel, que narraba sus infructuosos esfuerzos para que su piso tuviese un aspecto más estiloso con cubremacetas de macramé. Todas las minilocuras que había oído en la cola de la oficina de correos esa semana. Historias minúsculas de su día a día que acababan formando algo. Una forma de conocerse. Dawn se reía hasta que le dolían las mejillas. Y luego volvía corriendo a su casa, a su vida de verdad. A veces se veía fugazmente en el espejo del vestíbulo, veía su rubor, cómo se ponía por una charla en la puerta. Dawn no lo entendía, no entendía por qué Hazel la ponía nerviosa. Tenía la sensación de que su boca estaba llena de las cosas que diría si no le diese demasiada vergüenza plasmarse a sí misma en palabras.

Entonces, una tarde, por detrás de la verja, Hazel sugiere una cerveza con limón, «con el calor que hace. En The Horse and Groom, claro».

Dawn vuelve corriendo a su casa a coger el bolso. Da una voz, no tardará, tiene las llaves. De todas formas, es hora de acostar a Maggie. Se apañarán sin ella unas horas. Así de simple.

Eligen una mesa en la terraza, una junto a otra, a una distancia cortés. Cuando empieza a refrescar, lo ignoran, aunque ambas necesitan las chaquetas que ninguna ha traído. Cuesta más hablar que en la verja. Cuesta más ser ellas mismas ahí, en el mundo real. Hazel y Dawn beben y contemplan la vista, las filas de fresas con guías de paja en el campo de enfrente, los jóvenes apilando cestas, cerrando la cabaña donde pesan la fruta y reciben el dinero. Los recolectores son todos adolescentes, o acaban de pasar por la adolescencia, tienen la nariz quemada y los brazos bronceados. Es como mirar un juego, la facilidad con la que cierran la verja de la granja y cruzan la carretera hacia el pub, listos para convertir el jornal en pintas de lager fría. Algunos de ellos le hacen un gesto de cabeza a Dawn o las saludan antes de juntar mesas en el extremo más alejado de la terraza. Su presencia cambia la noche en otra cosa, en algo ruidoso y vivo. Dawn piensa si se están preguntando con quién está. Qué hace allí.

—¿Amigos tuyos? —pregunta Hazel.

—Algunos —dice Dawn—. He trabajado allí algunos veranos.

—¿De verdad? ¿Eres granjera?

—Eso son palabras mayores. ¿Ves el cartel de la verja? Lo pinté yo, aunque no te lo creas.

—¿El de «Recoge tus propias fresas»?

—No, el de «Por favor, paga antes de comer».

—Menuda aguafiestas —dice Hazel—. ¿Acaso la mitad de la diversión no es burlarte de esos carteles?

—No si eres el granjero.

Hazel se ríe tanto con eso que a Dawn le preocupa que se esté burlando de ella. Pero no, está escuchándola, mirándola.

—Yo siempre he pensado que lo de «Recoge tus propias fresas» suena un poco mandón —comenta Hazel—. En plan «No esperes que te recoja yo las fresas, cógelas tú si tanto las quieres».

Hazel se anima, pone su mejor voz de granjera, frunce el ceño y mueve el dedo.

—Recoge tus propias fresas y sal de mi tierra.

—Los de por aquí no hablamos así —protesta Dawn—, ¿no?

Hazel se encoge de hombros.

—No sabría decirte. —Coloca una mano sobre el brazo de Dawn y dice con una sonrisa—: Mira, voy a probarlo en la barra, a ver qué dicen de «Sírvete tu propia pinta». ¿Otra?

Una semana después Dawn le pregunta a Hazel si le gustaría asistir a la nueva clase de aeróbic que imparten en el vestíbulo de la iglesia. Consiguen ir a tres clases, pero al final ambas tienen que reconocer que queman más calorías intentando no reírse de las que queman haciendo el paso cruzado lateral. Un sábado, Hazel dice que se apunta a ir al mercado mientras camina junto a Dawn, que a su vez empuja el carrito forrado de pana marrón de Maggie por la empinada cuesta hacia la ciudad. Tras terminar las compras, Hazel invita a un par de cafés con leche y a ninguna de las dos les da tiempo a detener a Maggie, que coge un terrón de azúcar del bol sobre la mesa. Siempre pasa algo, siempre hay una razón para encontrarse o llamar. Dawn ayuda a Hazel, que quiere darle una mano de pintura a la puerta. Hazel pasa después del trabajo con un libro que a lo mejor le gusta a Dawn. Qué bien ver a Dawn por ahí, haciendo amigos, decía la gente.

LA GENTE CUENTA HISTORIAS

Dawn estaba segura de que habló más ese verano de lo que había hablado en todo el resto de su vida. Hazel estaba llena de historias. Hablaba sin parar de sus amigos de la universidad, de sus nombres pijos y sus excéntricas costumbres. De hacer senderismo en Grecia durante el verano, de las verjas que había escalado, o cortado, en nombre de la paz, y un poco por aventura. Las manifestaciones eran como fiestas, le dijo a Dawn. Los preparativos. La gente. Solo que en ellas te sentías importante, como si estuvieses haciendo algo de verdad. Las historias de Hazel no eran para darse importancia, eran para compartir algo, como contarle a un amigo con todo detalle lo que había ocurrido en la telenovela *EastEnders* cuando el otro se la había perdido. Hazel solo estaba poniendo al día a Dawn, como si le sorprendiese que no hubiese estado allí desde el principio. En comparación, las historias de Dawn no impresionaban; eran demasiado corrientes y grises. Nunca había estado sola en ningún sitio, no había vivido en ningún otro lugar excepto allí. Las pocas historias que tenía eran de Maggie, en realidad. La sensación, el día en que Maggie nació, de que por fin importaba, de que el mundo la necesitaba. El asombro que sintió al ver cada una de las nuevas versiones, al verla caminar, al verla hablar, al verla convertirse en sí misma. Cuando Dawn habló de sí misma, se dio cuenta por primera vez de que en su vida no había espacios, no había huecos entre el colegio y el trabajo, o entre la casa y el matrimonio. No le había dado tiempo a vivir algo que pudiese ser una historia digna de contar. En agosto Dawn se dio cuenta de que lo que le gustaba de Hazel no era el peinado ni las cosas que contaba. Era la forma que tenía de cambiar el aire cuando lo atravesaba.

Dawn llevaba mucho tiempo pensando en comprarse los vaqueros nuevos, que eran justo del azul perfecto y con un corte como fabricado a la medida de sus caderas. En la intimidad del probador, se había plantado entre el espejo y la cortina y había sabido que se trataba de la prenda ideal. Pero ahora, en casa, mirándose a trozos en el reflejo del diminuto aseo, no era lo mismo. Un retazo de cintura, un tobillo si se pone de pie en el borde de la bañera. No está segura de por qué se molesta tanto. Solo es una película. Dawn se maquilla con cuidado y le saca punta al lápiz de ojos. Se quita el exceso de su pintalabios preferido con un papel doblado. Se permite disfrutar de arreglarse, de su impaciencia.

Su marido está de acuerdo con ella, no es de las películas que le gustan a él. Es mejor que vaya al cine con sus amigas. Y que se lleve el coche, para ahorrarles la espera del autobús de vuelta.

—Gracias —dice Dawn—. No tardaré.

A Dawn le temblequean las piernas por la gruesa moqueta del cine e intenta que no se le note. Hazel dice que tienen que ir a por todas y compra una caja de Maltesers para compartir. El cine está tranquilo para ser sábado por la noche, y su sala casi vacía.

—A lo mejor hemos elegido mal —dice Hazel—, y tendríamos que haber ido a ver la de boxeo.

Se sientan en el medio del medio, donde se sientan los amigos, y ven rugir al león mientras empieza a sonar la música sobre un decorado parisino y una nieve falsísima empieza a caer sobre coches y calles anticuadas.

No puede ser Hazel quien dé el paso. Tiene la vista clavada en la pantalla, con la mano derecha en el muslo derecho, una invitación. Dawn se ha perdido por completo en la locura de la película, no está segura de quién se esconde en el armario ni debajo de la cama. No consigue enterarse de qué partes de la película son farsa y qué partes son tristes. En la suave oscuridad del cine, sería fácil que Dawn apoyase su mano en la de Hazel, sería fácil sentarse allí, con las palmas unidas, como si no pasase nada.

Provoca un sobresalto que todo acabe, que se enciendan esas luces brillantes mientras pasan los títulos de crédito, despertando a la audiencia de sueños extraños. Mientras caminan hacia el coche, Dawn y Hazel hablan sin parar de la película, de lo buena que era, de lo bonito que era el corte de pelo de la protagonista, de la música, de los trajes, perfectos. El largo día de verano se ha acabado por fin para dar paso a la noche y se alegran de tener el coche, con la radio puesta y el aire templado entrando por las ventanas entreabiertas. Cuando Dawn apaga el motor, Hazel dice «Gracias por traerme, me ha gustado mucho la película», pero no hace gesto alguno de marcharse. Dawn la mira y ve que, si no tiene cuidado, su vida estará hecha de momentos como este. Que todas sus oportunidades de estar viva se le escaparán. Porque los últimos centímetros entre boca y boca que necesitaría atravesar para besarla parecen un vacío imposible de franquear. Si se ha equivocado, si lo ha interpretado mal, Dawn está segura de que lo perderá todo. Pero ¿y si tiene razón? Habrá un terremoto de todas formas.

Al cerrarse, la puerta del coche deja un silencio tras de sí. Los pasos de Hazel en el camino, quedos, luego aún más quedos, después nada. Dawn, sola en el coche a oscuras, se mira las manos temblorosas, por la impresión, supone. Sabía que no estaba bien, que era como mínimo de mal gusto hacer la comparación, cómo besaba él, cómo besaba ella. Uno, seguro y conocido. Con su ansia y su latido, que deben de notársele en la cara. Dawn se mira en el espejo retrovisor, buscando las señales del cambio.

SEPTIEMBRE DE 2022

RUTINA

Maggie duerme con los brazos sobre la cabeza, como una bailarina perezosa. Lo sabe porque la mayoría de las mañanas se despierta en esa postura, con un hormigueo en las manos y dolor entre los hombros. Lo sabe porque Conor se queja con frecuencia de que un brazo le golpea la cara en mitad de la noche. Cuando suena la alarma de su teléfono, levanta una mano de la parte superior de la almohada para darle al botón de posponer en la pantalla. Cuando vuelve a sonar la alarma, hace lo mismo. Y una vez más. Y otra. Cuando la alarma suena por quinta vez piensa en una vida paralela en la que podría dirigirse a una clase de yoga en lugar de descongelar músculos rígidos a base de duchas calientes. Sabe que, si ella se retrasa, se retrasan todos. Maggie se levanta, tiene que engatusar a los niños para que salgan de casa, se tiene a ella.

Se apresura. Su pensamiento va por delante. Coloca las cosas del desayuno en la mesa de la cocina, cajas de cereales, cucharas, y luego se esconde en el baño con un satisfactorio clic del cerrojo. Se pone rímel mientras hace pis. Tendrá que conformarse con ella misma. Las mañanas son ridículas y corrientes. Esta es la vida de una familia normal, se dice. Todo esto es normal. Mientras se pone el abrigo oye el comienzo, está empezando una pequeña guerra en la cocina sobre qué emisora de radio habría que sintonizar. Calcula por encima cuántos años quedan para que los niños dejen de hacer eso mientras intenta ignorar el creciente alboroto. Conor está allí, puede gritar él, o apaciguar los ánimos, o lo que haga falta

53

hacer esa mañana. Nada le impide salir por la puerta y llegar al tren de antes. Solo que no puede mantenerse al margen. Una mezcla de culpa materna y superstición. Su miedo de que alguno de ellos salga de casa escarmentado, como si eso pudiese de algún modo atraer la tragedia o tentar al destino.

Por supuesto, vuelve. Les habla hasta calmarlos. Suaviza sus ruidosos gritos hasta reducirlos a morros y ceños fruncidos. Su hijo. Su hija. Ambos en silencio ya, llevándose cucharadas de copos de maíz a la boca en medio de una tregua malhumorada. Después, Maggie comprueba que lleva el teléfono, las llaves, da un beso de despedida en cada cabeza. Cuando cierra la puerta de casa tras ella ve el contenedor de basura orgánica: los zorros lo han tirado al suelo y su contenido está esparcido por el camino de entrada a la casa. Cáscaras de huevo y posos de café. La parte exterior de un bulbo de hinojo que seguro que la hace parecer una esnob. No hay tiempo de ocuparse de eso ahora, así que recoge el desastre con la parte exterior del pie hasta formar un montoncito junto al seto. Otra cosa más para después.

Por estúpido que pareciese, la llamaban «reunión de junta» y perdérsela se consideraba una tremenda metedura de pata en la oficina. Maggie mira la hora en la esquina de la pantalla de su ordenador; sigue llegando a tiempo al principio de la reunión, por los pelos. Pero antes tiene treinta y un minutos de tren para ella sola. Este es el secreto de Maggie. Lo que no le cuenta a nadie. Lo que no entenderían si Maggie se lo contase. Cuando toma el tren al trabajo, Maggie se mira como si fuese el personaje de una película. Mira su reflejo en la ventanilla del tren y sueña. Le gusta el trayecto al trabajo y lo odia, el glamur y el aburrimiento. A veces se pone música en los auriculares e imagina que la gente la mira y se pregunta quién es. Sabe que no es así. Maggie sabe que esos viajes son esenciales de una forma que nunca conseguiría explicar del todo. Cada viaje de ida es un pequeño abandono; cada trayecto a casa, un regreso seguro.

En la reunión, escucha hablar a sus colegas, sonríe y asiente. Después le tocará a ella. Maggie da un trago de agua, se pellizca el tendón o lo que sea eso que hay entre el pulgar y el índice para despertarse, para concentrarse; después se pone de pie en la sala de juntas y pulsa el ratón. Presenta sus objetivos para el trimestre y los demás asienten, cómplices con la idea de que esta es una forma legítima de emplear el tiempo siendo adulto. Todo es un gran éxito. Maggie se sienta y anota en su iPad todo el trabajo que ha accedido a hacer; después empieza a delegar ese trabajo en otras personas. Sus correos y mensajes salen, tocan base, entran. Al final, la junta termina y llega el almuerzo, luego más correos y algunas conversaciones con grados de futilidad variables, mientras transcurren las horas del día.

Maggie está en la explanada de la estación de Charing Cross cuando el pensamiento la asalta como si fuese desfase horario. Esta noche toca cita. No una cita de verdad, de las de salir y ponerse ropa interior nueva, sino de esas que se da la gente que lleva casi veinte años de casados, en casa, mientras los niños ven YouTube en la habitación de al lado. Esa noche es Conor quien se encarga de la comida, cosa que significa, casi seguro, una receta muy ambiciosa y poco práctica. Sabe que es imposible que cenen ante de las nueve, así que se compra un KitKat y se lo come en el tren. Si él cocina, ella se ocupa del entretenimiento. Maggie mordisquea el chocolate que rodea el barquillo y lee artículos en el teléfono, en busca de las series nuevas que se supone que tendrían que estar viendo. Las mejores series de este mes. Qué ver si te gustó tal. Encuentra una serie de *true crime* que tiene buena pinta, pero le preocupa que sea demasiado sangrienta. Otra posibilidad es la tercera temporada de una comedia estadounidense que ya han visto. Lee críticas, sopesa finalistas, abre otro enlace, las

100 series nuevas que no puedes perderte. Es agotador. Maggie mete el teléfono en el bolso y cierra la cremallera. Tendrán que conformarse con el sexo.

Lo de las citas nocturnas es culpa suya. No se había imaginado que Conor reaccionaría como lo hizo, que se movilizaría con tanto ímpetu para defender su matrimonio. Maggie pensaba que había sido hablar por hablar, una broma más que nada, pero, al parecer, Conor no lo había visto así. Había veces en que la franqueza de Maggie se malinterpretaba como insensibilidad. Como es natural, ella se lo tomaba como fracaso por parte de la otra persona, más que como una necesidad de automoderación. Maggie pensaba que era del todo razonable, por no decir sano, decirle a su marido que estaba aburrida de su vida sin ninguna razón concreta.

—Lo único que digo es que la gente no para de querer más —había comentado mientras metían los platos en el lavavajillas una noche.

Pero Conor se quedó esperando una explicación, o al menos más detalles. Maggie le dijo a las claras, o eso le parecía, que una aventura era lo último que deseaba. No podía ni imaginarse la cantidad de esfuerzo y energía que haría falta.

—Evidentemente, no quiero perderte —le había explicado ella—. Solo un leve tonteo. Todo el mundo quiere algo así.

Por la adrenalina, decía ella, un potencial momento en el que no se actúa. Oportunidad sin acción. Cuando Conor la miró, sumido en la confusión, Maggie intentó retractarse, borrar el asunto de un plumazo. Pero era verdad, Maggie sí que quería algo así otra vez, un momento con alguien nuevo, un paquetito envuelto con hojas verdes y atado con césped, fresco y perfecto.

—¿No es razonable, incluso normal?

—No lo sé —dijo Conor—; ¿lo es?

Maggie intentó aclararlo de nuevo.

—No quiero acostarme con nadie; solo quiero saber que a lo mejor otra persona querría acostarse conmigo.

No tenía que haber dicho algo así, o no tenía que haberlo dicho de esa forma, y ahora ella, los últimos viernes de cada mes, además de las juntas, tenía que lidiar con las noches de citas.

El tren le dice a Maggie con exactitud dónde se encuentra. Coche cinco en un tren de siete vagones. Concurrido, pero puntual. Se sienta junto a la ventana y observa los árboles y las casas, el borrón de la ciudad y después de la periferia borrando su reflejo. Ve la película de su regreso a casa.

GUÍA DE CONVERSACIÓN PARA PRINCIPIANTES

«Mi puerta siempre está abierta», le gusta decir a Heron, y esa tarde Tom aparece por la puerta trasera abierta media hora después de que terminen las clases. Según manda la tradición, comen sopa de tomate de lata y un sándwich de queso. Tom no recuerda que su abuelo le haya cocinado otra cosa alguna vez. Se ha convertido en una broma recurrente, en una costumbre de la que ambos son demasiado supersticiosos para apartarse.

Tienen una lata de sopa en medio, luego otra lata. Mojan pan y sorben en un extremo de la mesa de la cocina. Heron lava los cuencos de sopa; no le gusta dejarlos, y dice que volverá al jardín, a terminar lo que queda por hacer. Tom responde que ayudará, o al menos lo mirará desde una de las sillas de plástico que hay justo fuera de la puerta trasera. «Si tienes jardín no te aburres nunca», dice Heron, y Tom está seguro de que es justo al revés. Observa a su abuelo, que comprueba que las cosas que quiere van creciendo, y arranca de raíz las que no quiere. Lo observa evaluar. Apartar la manguera enrollada para que nadie tropiece. Barrer el trozo de patio junto al contenedor con ruedas. Mientras trabaja, Heron tararea. Una banda sonora que acompañe al crecimiento y la rebelión de los seres vivos del jardín. Tom no hace nada de eso, aunque observar, en cierto modo, también es hacer algo.

Heron prepara té y lo sirve en tazas con tractores. Tom sabe que los tractores son Massey Ferguson porque Heron se lo ha dicho, seguro que cientos de veces. A Tom no le gusta el té, pero se lo bebe para ser un hombre que bebe té con su abuelo. Heron oye que su nieto inspira y hace una pausa.

—¿Te preocupabas alguna vez por el mundo? —le pregunta Tom—. ¿Cuando tenías mi edad?

El tema excede un poco las expectativas de Heron.

—¿El mundo?

—Ya sabes —intenta Tom de nuevo—, todo. La guerra. La política. El cambio climático.

Heron piensa, traga saliva y se ve obligado a admitir que no, en realidad no. Por lo menos no lo del cambio climático, que es lo más importante, supone.

—Pero sé lo que quieres decir. Hay mucho por lo que preocuparse, es cierto.

Heron recuerda a su propio abuelo, que solía decir con irritante frecuencia: «Si tienes tiempo de preocuparte por los problemas de otras personas, es que tú no tienes muchos». A Heron siempre le había parecido un hombre de fuerza sobrenatural, de una altura gigantesca, mecánicamente accionado de alguna forma. Debía de haber nacido... ¿cuándo? ¿En 1904? ¿En 1905? El rollo de los libros de historia. Heron le repite a Tom las palabras de su abuelo, las pasa para uso futuro. Parecen agradar al chico, incluso calmarlo, y Heron siente que ha hecho algo útil con su día.

Antes de marcharse a casa, Tom se come otra galleta. En su casa no tienen tarro de galletas; su madre dice que son antiguos y casi seguro que poco higiénicos. Las casas de los viejos son siempre así, piensa Tom, acogedoras, pero abigarradas. No saben tirar las cosas. Cuando empezó a pasar por allí después del colegio, Heron entraba en la cocina y le preguntaba: «¿Has usado alguna vez una sierra de arco?» o «¿Cambiamos el fusible de este enchufe?». Una vez, Heron le había preguntado si tenía interés en subir la escalera para echar un vistazo a la casita para pájaros que había a un lado del garaje. Así es como pasaban juntos el tiempo, arreglando o creando cosas. Haciendo algo con la quietud de una tarde entre semana.

ERRORES SINTÁCTICOS

Cuando Heron piensa en morirse no consigue arreglárselas con la gramática. No hay tiempo verbal para decir echaré de menos estar vivo. Heron no encuentra palabras para pensar ni palabras para hablar. No puede decirle a su hija ni a sus nietos que está enfermo porque no se le ocurre cómo decir todo lo que tendría que decir después. No consigue pensar en una forma de explicar que no ha terminado aún con su vida. No se ha explicado con ellos.

En general, Heron está bien porque está ocupado. Tiene el jardín y ahora el gimnasio. Cuando se le presenta una tarde vacía por delante, la llena con tareas pendientes. Baja cajas del ático y revisa viejos calendarios de fútbol, negativos de fotografías, guardados durante décadas por quién sabe qué motivo. Piensa que a lo mejor los calendarios de partidos valdrían algo si los vendiese por internet, como reliquias de una época distinta. *Vintage*, como lo llamaban ahora. Se pasa unas cuantas horas en eBay, pero al final no sabe qué sería peor, venderlos o enterarse de que nadie los quiere.

El problema son las noches. No puede dormir. A lo mejor es por la medicación, o de tanto pensar. En noches como la de hoy, cuando no hay esperanza, Heron abandona la cama, se calza unas zapatillas colocadas con esmero y se dirige a la cocina. Saca la leche del frigorífico y llena hasta la mitad la pequeña jarra Pyrex, que tiene un tamaño ideal para calentar y servir. Tiene que intentarlo tres veces antes de dar con el botón correcto del microondas. Mientras la jarra da vueltas elige una taza, la favorita de su nieta, un unicornio poco práctico pero alegre.

A través de la ventana de la cocina, a la media luz de la casi madrugada, Heron ve que su jardín está más bonito que nunca. Lleno, verde y frondoso, listo para el cambio que se avecina. Mira el jardín y hace una lista mental de todo el trabajo que espera su atención. El laurel, que necesita una poda. La hiedra, que ha llegado a la puerta del garaje. Todas esas hojas que esperan para cambiar y caer, el barrido y el compostaje que lo mantendrán atareado durante semanas. Heron se bebe su leche de unicornio y se da cuenta de que sigue sorprendido. Ese es el sentimiento principal. Era de esperar que el cuerpo le fallase en algún momento. La gente se hace mayor, se pone enferma. Heron es un pragmático convencido. Pero le sorprende que la cosa haya cambiado con tanta rapidez, haberse convertido en algo frágil.

Las noches en blanco serían soportables si consiguiese distraerse con un libro, o uno de esos rompecabezas casi imposibles. Pero está demasiado cansado, demasiado inquieto. Se queda atrapado entre el sueño y la vigilia mientras oye mentalmente algunas conversaciones antiguas repetidas en bucle.

La doctora, preguntando:

—¿Está seguro de que no quiere que venga alguien con usted? ¿Su mujer?

Heron, arrinconado:

—Estoy divorciado. Desde hace treinta años, o a lo mejor cuarenta.

Eso también era una sorpresa, el desequilibrio que no había advertido. Lleva muchos más años divorciado de los que estuvo casado. Debería haber una palabra para eso. Seguro que existía, en alemán, o en japonés. Ya lo buscará.

—¿Su hija, quizá? —intentó de nuevo la médica.

—No. De verdad, estoy bien solo. Por favor, no...

Hasta que, al final, Heron le había pedido, suplicado, a la doctora que le diese sin más la versión completa de las malas noticias. Había prestado oídos, tomando notas con su letra pequeña y picuda de todas las palabras que tenía que buscar después. Los marcadores de la sangre, las gammagrafías óseas. Un periodo de años que no bastaba. Y después había ido al supermercado y se había vuelto loco durante unos minutos en la zona de comida congelada.

Heron piensa en lo que estará haciendo la doctora en ese momento; se pregunta cómo se las apaña para llevar todo el día a cuestas las malas noticias de otras personas. Espera que su siguiente cita se tratase de un caso más ligero, un paciente en remisión, o algo de poca importancia que se arreglase fácilmente. Espera que, tras decirle que se iba a morir, pasase una tarde agradable, que la estuviese esperando en casa una de esas comidas precocinadas de buena calidad. Que tuviese una familia con quien comerla.

No ha hecho lo suficiente, ese es el problema. No ha vivido de todas las formas posibles. Debería haber conocido a más gente. Probado cosas. Ni siquiera ha viajado. Ha estado en Francia, evidentemente. En Tenerife, una o dos veces, en paquetes de oferta, cuando Maggie estaba en el colegio. Ahora, supone, ya no irá a los sitios que se ven en las películas. Al Gran Cañón, a Roma o donde sea. Si Maggie supiese lo del diagnóstico lo arreglaría de inmediato, vuelos bien organizados y hoteles de precio razonable. Donde él quisiese ir. Compraría cosas, reservaría. Ella se ocuparía de todo.

A veces piensa en escribirlo, en tenderle un pósit que diga: «Estoy enfermo». O en componer una pequeña serie de mensajes de texto: «Ahora estoy bien, pero me pondré enfermo y luego empeoraré. Dos, a lo mejor tres años». Las cosas se dicen con más facilidad por escrito. Si pudiese decírselo, Maggie sabría qué hacer, todo sería más fácil. Y luego todo sería más difícil solo por el hecho de que ella lo supiese. Heron está seguro de que, si hay algo que no puede presenciar, es cómo su hija presencia su partida.

Pronto será por la mañana, es mejor quedarse levantado. Hacerse una tostada. Heron mira por la ventana, al jardín que ha hecho, y piensa en todos los días que ha pasado excavando caminos y colocando losas. Deteniéndose al atardecer para aclarar la primera capa de mugre del grifo del jardín. Colocando con cuidado las herramientas en su sitio del cobertizo, porque un banco de trabajo organizado es una mente organizada. El insomnio es molesto, es estúpido. Sabe algo sobre sí mismo que siempre ha sabido, solo que con un plazo determinado, eso es todo. Si pudiese dormir de nuevo en condiciones, a lo mejor todo sería diferente, estaría más claro. La mayoría de las noches consigue unas cuantas horas, y al principio duerme profundamente, su cuerpo se apaga, resguardándolo. Y luego se despierta, en una casa silenciosa, con una lista de arrepentimientos de tamaños varios. No hace falta hacer ningún cambio, le había dicho la doctora, todavía no. Pero ya había mucho trabajo, papeles de citas y volantes, recetas y folletos. La administración de la enfermedad. El hecho nuevo de su muerte, una cosa más de la que ocuparse, junto con la compra de los jueves por la tarde.

SEPTIEMBRE DE 1982

«WOODEN HEART»

Se van a la cama a la hora del almuerzo; tiran las mantas y las almohadas sobre la alfombra para hacerse un nido en el suelo del dormitorio. Dejan las cortinas abiertas para que el vecindario no tenga nada en qué fijarse. Cierran la puerta con cadena y dejan el mundo entero fuera. Dawn está asombrada por la quietud. Por la alfombra que nota en los omoplatos. Por su cuerpo, que se entrega por entero. O casi. Dawn deja fuera un oído. Un oído que no deja de escuchar. En guardia.

La primera vez que ocurrió Hazel besó las puntas de los dedos de Dawn uno a uno y le preguntó por qué no llevaba alianza.

—No me cabía después de tener al bebé. Eso no te lo dicen. Tampoco mis pies son iguales desde entonces. Crecieron un número entero. Tuve que tirar mis botas favoritas.

Hazel le besó también los pies, dedo a dedo, y dijo:

—Tienes unos pies preciosos.

Dawn se rio y sacudió los pies hasta volver a meterlos bajo las mantas.

—Déjalo, Hazel —había dicho—. Nadie tiene los pies preciosos.

Después, Hazel se viste, primero el sujetador, luego las bragas, y Dawn dice que hay que hacerlo al revés. La mira mientras Hazel monta de nuevo sus pedazos, se solidifica. Cómo se cepilla el pelo, con brío y sin mirarse al espejo. Cómo coge el aerosol de laca del tocador y se transforma.

—Vamos, es hora de moverse —apremia Hazel, recogiendo la camiseta de Dawn del suelo para arrojársela al regazo—. Un penique por tus pensamientos.

Y Dawn quiere contarle a Hazel lo que piensa. Quiere decirle que estaba pensando en lo extraño que es estar viva por fin a los veintitrés. Que es rarísimo. ¿O triste? Pero no puede decirlo. En lugar de eso, sonríe y, mientras les da la vuelta a sus vaqueros, contesta:

—Nada. Nada de pensamientos, puedes ahorrarte el dinero.

Hazel se marcha primero del piso, sus zapatos bajos repiquetean sobre las losas del suelo. Un breve paseo de regreso a la clase, a la tabla de multiplicar del nueve y a los papiros que fabricaban los antiguos egipcios. Dawn se queda atrás, fingiendo que limpia. Un dinerito extra, si alguien pregunta. Para echar una mano.

Más tarde, mientras hace algo aburrido, como planchar las sábanas o esperar en la cola de la carnicería, Dawn repasa cada detalle en su mente. Lo que se ve de la cabeza de Hazel mientras le va besando la sonrisa de la cicatriz que tiene bajo el ombligo. De derecha a izquierda. De cadera a cadera y vuelta a empezar. Antes de marcharse coge el aerosol de cera para muebles y rocía grandes espirales en el aire hasta que el piso se llena de ese olor. Cierra la puerta y desliza la llave bajo el felpudo, dejando el perfume de pino falso tras ella.

TODAS LAS LARGAS HORAS, TODOS LOS DÍAS

Esa tarde hay mucha cola en la oficina de correos y Dawn se reprocha haber dejado que se le escape de nuevo el día. Cuando por fin consigue llegar a la ventanilla, la mujer que hay detrás sella la cartilla del subsidio familiar y empuja los billetes y las monedas hacia el otro lado. Sonríe a Dawn y le dice, como todas las semanas, «En el monedero, no en la cartera, querida», y Dawn le devuelve la sonrisa como si sus palabras fuesen una parte necesaria de la transacción. Como si fuese la fórmula mágica de la empleada de correos la que conjurase el dinero, y no el Gobierno. De camino al grupo de juegos de Maggie, Dawn piensa en lo que se gastará esa semana, las facturas para las que el sueldo de Heron no alcanza del todo, lo que ahorrará para el abrigo de invierno de Maggie. En la puerta la espera su niñita, toda mejillas rojas y flequillo demasiado largo. Ve a Dawn, cambia el ceño fruncido por una sonrisa y extiende los dos brazos, rectos y rígidos como la justicia. En la mano izquierda lleva el táper vacío del almuerzo colgando del asa de plástico. En la derecha, algo globular y difícilmente identificable hecho de pasta de modelar y lentejuelas.

—¡Un día ajetreado! —dice Dawn, y caminan de la mano rumbo a casa por el puente de la autopista.

Al pasar por la escuela oyen una ópera de risas y cancioncillas, las combas que golpean sobre el asfalto. Les llega el ruido de los niños mayores en los columpios por encima de la tapia, por el aire. Dawn piensa en Hazel, inclinada, con el silbato en un cordón alrededor del cuello, escrutando el patio en busca de problemas, como un sheriff.

Tienen por delante la hora de la cena, la hora del baño y la hora de irse a la cama. Maggie se pasa todo ese rato charlando, o cantando, o preguntándole a Dawn por qué, y qué, y cómo. Hay un breve sosiego durante la cena, mientras Maggie tiene la boca llena de judías y rodajas de salchichas. En el baño, vuelve a empezar, y Dawn escucha tres veces «The Farmer Wants a Wife». Inspecciona el diminuto arañazo de la rodilla de Maggie y está de acuerdo con que la señora del grupo de juego a lo mejor se había pasado un poco con el antiséptico, pero es verdad que ya está mejor. Cuando terminan las tareas de la tarde se sientan una frente a otra a la mesa de la cocina, con una taza de té y un vaso de leche, versiones de la misma persona, disponible en distintos tamaños. Colocan animales de plástico en una bandeja de té. A veces Dawn deja que Maggie rompa unas galletas de trigo para hacer bolitas de heno y les dan de comer a las vacas y caballos. Dawn escucha a Maggie, que pone al día su lista de regalos para Papá Noel. Después de todo, ya es el tercer fin de semana de septiembre. La niñita le lanza indirectas a la cara a su madre, que las recoge y las almacena. Pedirá la muñeca que huele a fresas, o a pastel, o a lo que sea, antes de que se agote. A veces él llega a casa antes de que la niña se duerma. Normalmente no. Es un hombre ocupado.

Nada de eso es fácil para Dawn. Se está cansando de tanta preocupación. Por supuesto que todo lo de Hazel es un secreto, tiene que serlo. Han tenido muchísimo cuidado en sus preparativos. No esperar nunca cerca del teléfono, atenerse siempre al guion, las clases nocturnas, el aeróbic, la excursión ocasional para ir de compras. A Dawn le preocupa que escribir cartas sea un paso excesivo, era demasiado arriesgado plasmar sus sentimientos en el papel. Pero necesitaba las cartas, le hacían compañía cuando estaba sola en casa. Dawn sabe que la cosa está empezando a crecer demasiado para ocultárselo a Heron. Hazel no deja de recordarle a Dawn que es un hombre joven, moderno. Lo solucionarán juntos, como adultos, harán lo que haga falta hacer. La vida está hecha de capítulos, dice Hazel, o algo así. La gente empieza etapas nuevas. Pasa página.

A veces, Dawn se permite imaginar que Hazel tiene razón, que todo saldrá bien. Que a lo mejor él se muestra comprensivo, que lo ve como una oportunidad para él también, para encontrar algo de verdad, algo más. Porque Dawn quiere contárselo, quiere explicarle lo que es y lo que no es. Ella se casó con él porque era lo que se suponía que tenían que hacer, ya está. La gente hace cosas así todo el tiempo, no estaba mal, le diría, pero tampoco es que fuese perfecto. Ella siempre había pensado que ambos sintieron más gratitud que otra cosa en el día de su boda, que habían compartido la sensación de que su relación era un refugio. Hace cinco años, el vestido y las flores de seda habían supuesto una licencia para mezclarse con los demás. Una hipoteca, un bebé, todo lo que necesitabas para llenar días y años. Pero Dawn era entonces una persona distinta, apenas una persona de verdad. ¿Puede decirle eso a su marido? ¿Con esas palabras?

Cómo empezar siquiera a explicarle que aquello no era nuevo en absoluto, sino más bien al contrario. Algo que siempre había sabido, tan profundo y brillante como un hueso.

Dawn baja la caja de zapatos de la niña que tiene guardada al fondo del armario de secar la ropa. Unas gomas entrecruzadas mantienen la tapa cerrada, y luego está todo envuelto en una funda de almohada bien doblada. Lee las cartas de Hazel una y otra vez. Las historias que se escriben, sus modestas fantasías. Cenar en un restaurante. A la luz de las velas. Vino. Despertarse juntas con un fin de semana vacío por delante. Una casa en el mar y un perro desgreñado al que sacarían juntas a pasear al atardecer. Nada de eso ocurriría, ni podría ocurrir, a no ser que, o hasta que, ella se lo contase a Heron. Se lo contará esa misma noche. O seguirá así para siempre, una vida como una cuerda deshilachada. Dawn piensa. Se preocupa. Apila las tarteras y lava la ropa blanca con lejía. Tiene la cocina como los chorros del oro.

Dawn sabe que nunca la comprenderán, no del todo. La gente pensará solo en el sexo. Piel y sudor. Pero el verdadero engaño no ha tenido lugar en la cama, Dawn lo sabe. Lo peor ha ocurrido en los escasos momentos de vida real que han tenido juntas. Hazel lavando sus tazas de café mientras Dawn deslizaba las manos en los bolsillos traseros de sus pantalones. Cuando caminaban por el parque de la mano, porque estaban seguras de que nadie las veía, representando una vida que nunca tendrían. Cómo se escuchaban la una a la otra, cómo se peleaban y se reconciliaban.

PALABRAS PRONUNCIADAS

Le ha preparado su plato favorito, chuletas con patatas, y entre bocado y bocado él le va contando su día. El pedido grande que ha entrado. El nuevo aprendiz que han cogido en el almacén, que lo llama señor Barnes, como si fuese un viejo.

—Pero claro, alguien de veinticinco años es un viejo cuando tienes dieciséis, ¿no?

Y entonces ella casi pierde los estribos, porque él es un encanto, pero está bastante segura de que no está enamorado de ella, no más que ella de él. Después de cenar él coge un destornillador y aprieta el estante de las especias contra la pared de la cocina. Controlando la cuestión, contribuyendo. Se lava las manos con Fairy líquido en el fregadero. Comprueba el resultado de las quinielas del fútbol. Dawn se da cuenta de que tiene un agujero en el calcetín derecho por el que asoma el dedo gordo del pie. A veces es todavía como un crío que espera que su madre le arregle los problemas. Pero ahora tiene una esposa, la tiene a ella. El calcetín es culpa de Dawn.

Por las noches, a él le gusta hablar de cómo será su vida juntos. Los nietos que los visitarán, el huerto que tendrá. Cree que es romántico concretar el futuro, su profecía de la vejez satisfecha. Dawn lo escucha sin aire en los pulmones. Todavía no, todavía no, piensa. Déjame primero ser joven.

Cuando las cosas vuelvan a su cauce, Dawn dibujará un programa limpio con líneas rectas donde figurarán los días en que la niña estará con ella y los días en que estará con él. No es algo inaudito, es casi corriente. Eso es lo que ella dirá.

Ordena lo que queda del día y le dice a su marido:

—Ha pasado algo. Está pasando algo.

Se lo cuenta todo, como ha ensayado. Se lo explica, con cuidado, despacio, con la voz queda que usa por la noche para no despertar a su hija. Pero no es como ella ha planeado. La cara de Heron, su voz cuando al final la usa, no son para nada como Dawn ha planeado.

LA FAMILIA NUCLEAR

Heron no la quiere en la cama común, es lógico. Pero el sofá es demasiado pequeño, y queda demasiado lejos de Maggie si la llama por la noche. Así que Dawn extiende mantas en el rellano de la escalera para acostarse allí. Cada mañana, antes de que se despierte la niña, las recoge.

Dawn lo oye antes de abrir los ojos, el sonido rasposo y de salpicaduras de su afeitado, al otro lado de la puerta del baño. El tarareo, que al principio ella toma por un himno, aunque luego reconoce la melodía de un anuncio de tarjetas de crédito de la radio. Oye que los sonidos rebotan contra los azulejos del baño, la espuma llena de jabón y pelos que dejará una marca alrededor del lavabo. Pronto él saldrá del baño y entrará ella. Limpiará el lavabo, enjabonará la toalla de la cara, empezará el día. O a lo mejor podría quedarse donde está, tirada en el suelo, una piel de tigre apolillada que hace de alfombra, con sus ojos de cristal y sus dientes afilados. Podría quedarse allí, quieta y silenciosa, y dejar que todos le pasasen por encima de la piel sin huesos de su espalda.

Dawn abriga a su hija de acuerdo con el tiempo. Pone leche en sus Weetabix y humedece la punta de un paño de cocina bajo el grifo para frotarle a la niña una mancha de yogur en el jersey porque no queda ninguno limpio. Hace sándwiches de jamón y esconde también una golosina por debajo, una barra de chocolate y galleta. Piensa en la niña al abrir el táper del almuerzo unas horas más tarde, en que encontrará la chocolatina, en que la hará acordarse de su madre.

—Es hora de marcharse. Ven a ponerte los zapatos —llama Dawn escaleras arriba.

Pero Maggie no responde, o más bien lo hace su silencio, eso y un correteo que le llega del dormitorio de Heron y Dawn. El desastre debería enfurecerla. Su mejor pintalabios luce huellas de dientes, tiene la punta rota y alguien lo ha aplastado sobre el vestidor. Hay colorete por todos lados. Pero Maggie está orgullosa de sí misma y admira su reflejo, adornado con todos los collares y pulseras que posee Dawn. De alguna forma Dawn consigue sonreír. Consigue decir:

—Pareces una estrella de cine, Mags. A ver si la cámara tiene carrete. Podemos sacar una foto para que la vea papi.

Cuando Maggie está en el grupo de juego, un silencio feo llena la casa. Pero Maggie tiene que ir, Heron está convencido. Para prepararla para la escuela, para asegurarse de que aprende a adaptarse, a compartir. Mientras Maggie está en el grupo de juego, Dawn se supone que tiene que mantenerse ocupada. Pero, en lugar de eso, friega. En lugar de eso, la echa de menos. Cuando se va, Dawn intenta visualizar a Maggie con los ojos de su mente. Tenerla allí. Sentada en un círculo en el frío suelo del vestíbulo, con los dedos subiendo cual araña por un tubo. Maggie, frunciendo el ceño como hace cuando se concentra, metida hasta el codo en cartulinas y macarrones. Las mujeres que llevan el grupo de juegos dicen que lo que más le gusta es el rincón de la casa, jugar a las mamás y a los papás, envolver a su bebé de plástico para que eche un sueñecito bien merecido. Usar la plancha de madera. Maggie juega y Dawn cuenta las horas de día que le quedan.

Dawn se sienta en el borde de la cama de su hija e intenta no pensar en ella. Intenta no pensar tampoco en Hazel. En cómo verla o llamarla, para decirle que él lo sabe. Para preguntarle qué diablos se supone que tienen que hacer ahora.

En lugar de eso, se mete bajo las mantas y escucha los sonidos de la casa vacía. Los pájaros de fuera. La lavadora dando vueltas. Se da la vuelta para mirar la pared y ve la forma de la Antártida que Maggie ha rascado con sus uñas minúsculas en el gotelé. Después se queda dormida, rodeada por el ruido de su hija arañando la pared, por el olor que ha dejado la cabeza de su hija en la funda de almohada rosa.

Después, Heron y Dawn esperarán a que sus vecinos apaguen la luz de la mesilla, pongan el despertador, cierren con llave la puerta trasera y metan al gato en casa. Solo entonces, cuando todo lo que les rodea esté en calma y en silencio, empezarán de nuevo. La misma pelea, repetida. Acusaciones lanzadas en susurros para no despertar a Maggie, para no montar una escena. Le importa demasiado lo que piensen los demás, dice Dawn. Su madre. Los amigotes del trabajo. Es toda una cuestión de orgullo. Heron usa las palabras que Dawn ha estado aguardando. Asco, dice.

—Me das asco.

Lo cual es solo un cliché, piensa. Es simplemente lo más obvio que se le puede decir.

Heron le pregunta lo mismo que le preguntó la noche anterior y la anterior, tartamudeando, aún sorprendido. Por qué y cómo ha hecho Dawn tal cosa.

—¿Es que no me quieres? —pregunta él una y otra vez—. Pensé que nos queríamos.

Ella busca por todos los medios una explicación.

—Esto es diferente. No es lo mismo.

Heron pregunta sobre el sexo; es de esperar.

—No es lo mismo —responde ella.

Hay algo nuevo en la pelea de esa noche, un empuje distinto en Heron. Una clarividencia nueva de haber sido traicionado. Heron está tan enfadado que Dawn cree que a lo mejor le entra la risa, no por él exactamente, sino por la intensidad de su rabia, por lo caricaturesca que resulta. Dawn no reconoce esa versión de él, esas nuevas poses, con los puños apretados, con la cabeza entre las manos.

—Es que no me puedo creer que me haya casado con una...

No pueden seguir así. La misma pelea, los mismos insultos. Esa noche, Dawn cree notar el cambio que la lleva a una conclusión sin vuelta atrás. Maggie está dormida. Está a salvo. Heron no le haría daño, Dawn está segura. Pero ya no está igual de segura con respecto a sí misma. Esa noche no. Todo el mundo tiene un límite, piensa, incluso Heron. Un punto de inflexión en el que hacen cosas que nunca pensaron posibles.

—Necesitamos un respiro —dice Dawn—, una noche de descanso antes de que la cosa se nos vaya de las manos.

Heron asiente, desinflándose un poco porque, incluso en ese estado, se da cuenta de que ella tiene razón.

—Quédate tú —dice Dawn.

Coge las llaves del coche del gancho, el abrigo de la barandilla, y se marcha.

En ese momento y ese lugar, no tiene adónde ir, así que conduce hasta el pequeño aparcamiento que hay frente al grupo de juego de Maggie y se dice que allí estará a salvo, aun en la oscuridad. Reclina el asiento del conductor hacia atrás y pulsa el botón que bloquea las puertas; su abrigo tendrá que servir de manta. El tiempo está cambiando, está empezando el otoño, pero el coche no es peor cama que la moqueta del rellano. Heron supondrá que se ha ido a casa de Hazel, pero no puede aparecer por allí sin avisar, y menos a esas horas de la noche. Aparecer en el umbral de la puerta solo con su bolso, las llaves de un coche que ni siquiera es del todo suyo. Bastaría con que un anciano de enfrente echase una miradita para que los cotilleos se propagasen como la pólvora por el pueblo, y, peor, por el colegio. Quizá Heron albergue la esperanza de que se ha ido en coche al fin del mundo y ha desaparecido. Pero Dawn no puede ir a ninguno de esos sitios. No puede ir a ningún sitio sin Maggie.

Se despierta justo antes de las seis, cuando la luz del día inunda el coche. Hace lo que puede para estar presentable: se peina los rizos con los dedos, se limpia con los pulgares los borrones que el rímel le ha dejado bajo los ojos. Hará el breve trayecto en coche hasta casa antes de que nadie la vea, meterá el coche en el camino de entrada y entrará en su casa. Estará allí cuando Maggie se despierte, de pie en la encimera de la cocina, cortando la corteza del sándwich de su hija, como si no hubiese pasado nada. Será un día brillante, uno de los últimos antes de que la estación cambie por completo. Hay esperanza en una mañana así. Heron ha soltado su rollo y ella ha pasado una noche fría fuera. Con eso bastará, seguro.

Dawn gira en su calle y se cruza con el lechero, que va en dirección contraria, con el zumbido de la batería de la camioneta y el tintineo del cristal. La cantidad de cosas que debe de ver, piensa. Intenta no hacerlo. Dawn cierra con suavidad la puerta del coche. El día ya ha empezado a templar cuando pone el pie en el desastre que ha dejado tras él el cerrajero, un montón de serrín en el primer escalón.

OCTUBRE DE 2022

PAGUE ANTES DE SALIR

Hay citas, muchas, y a Heron le preocupa la organización del aparcamiento del hospital. Las instrucciones de las máquinas en los aparcamientos de los hospitales son siempre, según ha observado, de una complejidad inexplicable. Introduzca el tíquet por aquí. Escanee aquí, pulse aquí, diríjase al coche. No le gusta la sensación de que se forma cola tras él. De que se van amontonando pacientes impacientes y visitantes mientras él se pelea con su tarjeta contactless. Por no hablar del silencioso insulto de tener que pagar por dejar el coche mientras te miran los huesos para ver si tienes cáncer.

La doctora se lo explica de nuevo. Ya saben qué es y dónde está. Incluso saben qué hacer con él. Pero necesitan vigilarlo, estar al acecho para ver si tiene planeado extenderse a otras partes ocultas de su cuerpo. Heron se sienta en una silla de plástico y una enfermera le pone la vía en el reverso de la mano. Tiene un tacto suave, las ligeras yemas de sus dedos contra la piel de su muñeca y la parte interior del codo, y él se encoge, no de dolor, sino porque le hace cosquillas. Hay una formalidad cortés en todo el proceso, una amabilidad que teme que pueda hacerlo llorar. Es extraño lo difícil que resulta soportar la compasión. Solo la radióloga se atreve a usar la palabra real, todos los demás parecen evitarla como actores supersticiosos. Es por su bien, piensa Heron, para proteger sus sentimientos, o a lo mejor solo para mantenerlo tranquilo antes del TAC. Se pregunta si debería dar su permiso, decirles que no importa que lo digan cuando lo vean. Pero parece una regla de allí, y a él no le gusta interferir.

La médica le ha dicho a Heron que no busque sus síntomas por internet, que no deje volar su imaginación. Él sabe, o al menos ha oído, lo fácil que es malinterpretar las cosas.

—¿Duele? El TAC, digo —le pregunta a la enfermera, y ambos se quedan un poco sorprendidos de oírlo hablar.

—En absoluto —lo reconforta—. A algunas personas les resulta desagradable meterse ahí dentro, se está un poco apretado. Usted dedíquese a escuchar música, Henry, y habrá terminado antes de que se dé cuenta.

—Todo el mundo me llama Heron —le dice a la enfermera.

Henry le suena raro, ya no le pertenece.

—¿Como el ave, la garza? —pregunta la enfermera.

Heron ha sido Heron desde que tiene memoria. Le cambió el nombre su hermano pequeño, que no conseguía pronunciar Henry. Y se le quedó, como suele ocurrir con los apodos.

La enfermera mira de arriba abajo a su paciente, ese hombre aguileño de pelo gris echado hacia atrás y piernas largas y delgadas. La parte superior del cuerpo empieza a comprometer su equilibrio, a causa del abdomen regordete, hinchado de esteroides.

—Le pega.

Le inyectan un contraste en las venas; los ayudará a ver lo que sea que vean. La enfermera insiste en que se ponga auriculares, de diadema o de botón.

—Dentro hay mucho ruido —explica—. Pero mucho.

—Le ponemos la música que quiera, es a elección del paciente —dice en tono alegre el radiólogo por el interfono. Las demás personas de la habitación, piensa Heron, son treinta años demasiado jóvenes para haber oído hablar de Hall and Oates.

—Lo que sea. No soy tiquismiquis, la verdad —concluye—. Nada de clásica.

Lo colocan con la ayuda de unos posicionadores de espuma: una cuña bajo la cabeza, una salchicha larga y acolchada bajo las rodillas. Quédese todo lo inmóvil que pueda, le dicen.

—Intente relajarse —sugieren.

Heron se alegra de no haber elegido ninguna música, la que le ponen es perfecta. El nombre del grupo es no sé qué de «machine». Cierra los ojos y oye la voz de la cantante, suave pero seria. Intenta pillar las letras. Ballenas asesinas. Corazones de conejo. Es buena música, piensa, de la que hacía viajar la mente, de la que te llevaba a otro espacio y a otro tiempo si estabas dispuesto a ir.

FUENTES FIABLES

Maggie lo había leído hace años, en una revista: la teoría de que el coche era el sitio adecuado para hablar con tus hijos adolescentes. Era algo sobre la intimidad forzosa, la imposibilidad de escapar. Arranca el motor y su hijo extiende la mano para ajustar el volumen de la radio. En respuesta, ella activa el limpiaparabrisas. El agua y la goma chirrían por el cristal, aunque la luna está bastante limpia. Él echa el asiento unos centímetros hacia atrás. Ella ajusta la calefacción, solo un poco. Son iguales. El canto de sirena de los botones y los diales. Necesitan tener el control.

Dejan atrás la gasolinera de la circunvalación y la piscina municipal, con sus toboganes azules y blancos por encima del aparcamiento. Maggie observa que la tintorería de la esquina ha cerrado y abre la boca para decírselo a Tom, pero vuelve a cerrarla. Porque a Tom esa observación le parecerá inútil y suspirará como suele hacer, como indignado de que llamen su atención por una cosa tan banal. O peor aún —como ha notado últimamente—, podría darle la razón con algún murmullo educado. Con una sonrisita de suficiencia ante los detalles insignificantes que ella percibe. Las cosas que solo le importan a ella.

En lugar de eso, dice:

—¿Sabes lo que vas a preguntarle?

—Preguntas, sin más. El profesor nos ha dado una lista.

—¿Qué tipo de preguntas? —Maggie sigue intentándolo. Sigue hablando.

—Preguntas, mamá. Preguntas normales.

86

«Es para el colegio. Para Historia». Tom se lo había explicado a su abuelo por teléfono y Heron había pensado: «Hay un punto de inflexión: un día te dan la tarjeta de transportes para la tercera edad y al siguiente eres el tema del proyecto de Historia».

—No estoy seguro de tener mucho que decirte, pero podemos intentarlo. ¿El sábado por la mañana?

En realidad, le agrada tener algo distinto que hacer. Últimamente Heron ha empezado a tener la sensación de que malgasta sus días. Sospecha que debería intentar cosas que tuviesen algún significado, como pintar con acuarelas, o contemplar el mar, y no solo mantener el patio limpio con su soplahojas nuevo.

Cuando Maggie y Tom aparcan en la casa, Heron ya lo tiene todo listo: una bandeja de bocadillos y los dos álbumes grandes de fotos del estante. Es extraño, piensa Heron, cómo uno nunca siente su propia vida como historia. Y, sin embargo, basta con que pase un poco de tiempo para que tus hijos, y los hijos de tus hijos, miren la ropa que llevaste, los pensamientos que tuviste, como si fueran reliquias expuestas en una vitrina.

Tom arroja su abrigo sobre la barandilla y se da cuenta, demasiado tarde, de que podía haber mantenido la boca cerrada sobre el trabajo e inventarse todas las respuestas. Lo de entrevistar a viejos era el típico rollo que le encantaba al profesor de Historia. «La historia está ocurriendo ahora», repetía constantemente el señor McAlpine, cosa que confundía a Tom. La historia ya ha ocurrido, pensaba él, ¿acaso no era ese el puñetero quid de la cuestión?

—Os sorprenderá —había dicho el profesor— la cantidad de cosas que se pueden aprender de la gente de vuestra familia.

A pesar de que, tenía que admitirlo, era mucho más fácil antes, cuando los abuelos tenían una guerra que contar.

—Preguntadles si se acuerdan de la «semana de tres días» —les había sugerido el señor McAlpine y Tom estaba seguro de que estaba de broma, de que se lo había inventado para ponerlos a prueba, como un martillo para zurdos o pintura a cuadros, hasta que lo buscó en Google mientras iban hacia allá en coche.

—Aquí tengo más o menos tu edad —explica Heron tendiéndole a Tom una fotografía—, a lo mejor unos años más.

En la parte trasera alguien había escrito «OLD KENT ROAD, 1974» con boli azul, apretándolo un poco más de la cuenta, de forma que los bultitos de las palabras sobresalían en la imagen, como braille.

Tom coge la foto por las esquinas redondeadas; todos los colores están amarronados, como si la hubiesen sumergido en té. Es la foto de un niño sonriente, con el pelo oscuro hasta el cuello. Tom nunca se ha imaginado a Heron sin pelo blanco. Abre su carpeta de anillas y pone el teléfono a grabar, como le ha dicho el profesor. Las preguntas son preguntas, sin más, sobre cómo era la escuela en esa época. Preguntas sobre lo que Heron recuerda, si es que recuerda, de los acontecimientos que el libro de texto de Historia cree que debería saber. Huelgas. Primeros ministros. Cosas así. Heron le dice a Tom que, cuando él estaba en el colegio, los profesores pegaban a los niños pequeños con una zapatilla, y a los mayores con una vara, y de nuevo Tom no está seguro de si es una broma. Heron intenta describir una regla de cálculo, que es una especie de calculadora, pero distinto. Explica que había televisión, pero ni muchísimo menos tanta. Vinilos, cintas de casete y después CD. Le cuenta cuando se compró su primer coche, la cantidad de gente que se podía meter dentro antes de que hubiese cinturones de seguridad. Nada de móviles. La gente escribía cartas, o, por increíble que resulte, se hablaba, cara a cara.

—Y… —Tom empieza a removerse, incómodo, no está seguro de si debería saltarse esa parte—. Es sobre casarse y esas cosas.

—No hay problema. Una vez estuve casado; ya lo sabes, por supuesto. Puedes preguntar.

—De acuerdo. —Tom mira la fotocopia—. ¿Cómo os conocisteis?

—En una aplicación de citas —responde Heron.

Tom pone cara de exasperación; no tiene gracia, o no admitirá que la tiene.

—Nos conocimos y ya está, supongo. Los dos acabábamos de terminar la educación obligatoria. Yo era aprendiz y me corté haciendo el tonto con alguna cosa. Ella estaba tras el mostrador de la farmacia cuando entré a comprar tiritas. ¿Has visto qué romántico?

Tom intenta sonreír, sabe que debería hacerlo. A continuación, tacha la pregunta del matrimonio y pasa rápidamente a la siguiente.

En la cocina, Maggie deja la bandeja que está secando y se detiene, petrificada por la historia que no ha oído nunca. Escucha a su hijo preguntando lo que ella nunca ha podido preguntar y se recuerda que debe respirar.

A Tom le parece que han acabado, y eso es lo que quiere, pero su abuelo no deja de hablar y no está seguro de cómo detenerlo. Ahora Heron está lanzado, recuerdos que no ha evocado durante décadas, recuerdos de una persona que hace años que no es. Un niño-hombre al que le importaba cómo le quedaba el pelo, que se tomaba la molestia de encoger sus Levi's en la bañera para que quedasen perfectos. Le resulta imposible pensar en sí mismo como alguien cuya única preocupación real era preguntarse si la chica que le gustaba sabía que existía.

—La llevaba a los pubs —le cuenta a Tom—, a los que podías llevar a una chica, claro. Nos gustábamos. Los dos éramos callados y podíamos ser gente callada juntos.

Tom escucha, ¿acaso le queda otra? Asiente.

—Le pedí a un tipo de mi trabajo que fuese mi padrino porque no podía elegir entre mis dos hermanos. Todo era normal. Justo como esperaba o pensaba que sería. Luego tuvimos a tu mamá y empezó todo el rollo de los pañales y los biberones. A esa edad tú estarás en la universidad, no bañando a un bebé en el fregadero de la cocina. O eso espero.

89

Tom se sonroja, avergonzado ante la idea de él como padre, como persona mayor.

¿Y cómo continuará?, se pregunta Maggie desde la habitación contigua, ¿qué será lo siguiente? Su hijo. Su padre. Hablando como si ella no estuviese allí, como si ella no fuese la conclusión de la historia que están contando. Maggie presta oídos, sin poder moverse. Tiene un pie torcido, listo para entrar, para formar parte del asunto. Y el otro pegado al suelo para mantenerla donde está, intentando no romper el hechizo.

Hay temas de los que hace tanto tiempo que no se habla que se vuelve imposible discutirlos en voz alta. Maggie piensa en el matrimonio de sus padres en una lengua perdida, en palabras que no ha oído ni usado durante años. No tiene vocabulario para hacerle esas preguntas ahora a su padre, cómo se conocieron, cómo se separaron. Tiene solo los rudimentos lingüísticos de una turista, cuando lo que ella necesita es ser poeta. A lo mejor Tom es la persona adecuada para hacerlo en su lugar: el amortiguador de una generación le permite toda la curiosidad, pero ningún dolor. A lo mejor puede preguntarle a Heron las cosas prácticas, las preguntas sobre cuándo, cómo y por qué que ella nunca ha conseguido plantear sobre su madre.

Maggie se queda en la cocina. Escucha y espera. Termina de secar y oye decir a su hijo:

—Hay una última pregunta. Es: «¿Tienes algún consejo para mí?».

Tom podría escribir la respuesta sin preguntar. Mantén siempre la puerta abierta. En caso de duda, ponte corbata. Chorradas antiguas de las que siempre está soltando su abuelo. Heron mira al niño sentado en la silla frente a él con el flequillo tapándole un ojo. Ese niño que aún tiene todo por delante. Quiere decirle: Serás tantas personas a lo largo de tu vida que un día mirarás atrás y no reconocerás siquiera a alguna de las que has sido. Heron mira a su nieto, con su boli suspendido sobre los deberes.

—Simplemente, haz lo que creas que es mejor, Tom. Es lo único que puedes hacer.

CANCIÓN DE CUNA

Esa noche, Tom oye a su madre en el rellano, el crujido de las tablas viejas bajo la moqueta nueva. Aguza el oído cuando los pasos se detienen ante la puerta del dormitorio de su hermana; oye girar el pomo, la pausa cuando entra a ver a Olivia. Luego oye de nuevo los pasos, en dirección a él.

Últimamente Maggie siempre llama a la puerta, porque Tom insiste en que lo haga, de hecho, gruñe a quien cruce el umbral sin permiso. Maggie se mueve en forma de arco por la habitación, recogiendo y ordenando. Lanza un puñado de camisetas sucias al cubo de la ropa, apila unos libros de texto en un montón pulcro y rectangular. Una vez que ha puesto algo de orden en la habitación, Maggie se acerca a la cama, saca una mano para atusarle el pelo a su hijo y luego mulle las almohadas. A Tom le gusta. Finge que no y se aparta. Sacude la cabeza para descolocarse de nuevo el pelo y borrar así las marcas del mimo materno.

Y, por regla general, ella lo deja estar, permite que sea como él quiere. Pero esa noche dice:

—Anda. Déjame cuidarte. Por una vez.

Porque a ella también le gusta, esa oportunidad de ocuparse de él, solo un momento. Dejar que todo vuelva.

—Además —dice su madre—, dentro de nada estarás cuidándome tú a mí. Por eso estoy siempre detrás de ti para que hagas los deberes. Necesito que ganes un pastón para que puedas pagarnos a papá y a mí la residencia de lujo.

Ahora Tom sonríe a pesar de sí mismo y niega con la cabeza.

—A lo mejor la segunda de la lista de las mejores. Una de esas que tienen piano de verdad, para que podáis sentaros a cantar canciones de la guerra.

—Qué bonito. Creo que voy a llamar al cole, a ver si ponen unos cuantos deberes extra de Historia mañana. Y de Mates.

Así es como puede ser.

Una tregua entre madre e hijo, una paz que se asienta entre ellos y durará una noche.

OCTUBRE DE 1982

SUAVE

Maggie se sienta llena de paciencia con su pijama de Osos Amorosos y espera a que su padre sepa qué hacer.

Heron ha agotado todas las opciones. La canguro de siempre está en la cama con mononucleosis y sus exámenes de acceso a la universidad están colgando de un hilo. Ni siquiera Linda, la vecina, que normalmente nunca falla, puede ayudarlo hoy. Está hasta arriba, tiene la casa inundada de niños por las vacaciones de mitad de trimestre. Heron tendrá que apañárselas y encontrar una solución.

—¿Un huevo? ¿Quieres un huevo cocido?

Maggie niega con la cabeza.

—¿Copos de maíz?

Maggie niega con la cabeza de nuevo y cruza los brazos. Parece que se va a poner a llorar o a tirar la mesa y empezar una pelea de bar. Es increíble que una niña tan pequeña pueda tener una voluntad tan firme. Tan férrea. Heron ha cambiado de opinión. Eso cree. Tras pensarlo bien, se pregunta si no lo habrá hecho todo mal. No hace falta que lo sepa nadie. Pueden dejarlo atrás. Olvidarlo. Puede perdonar a Dawn. No es como si hubiese tenido una aventura de verdad. Solo se siente sola, cree él, como a veces les ocurre a las mujeres casadas. Necesita algo para sí, un trabajo de media jornada. Otro bebé.

Heron llama a la oficina y dice que tiene una gastroenteritis, o a lo mejor una úlcera, para plantar la semilla de algo a largo plazo por si lo necesita más adelante. Después le prepa-

97

ra tostadas a su hija. Cuando ella se pone a chillar por los cuadrados vuelve a prepararlas, pero en triángulos. Hace lo que puede, mucho más de lo que harían muchos hombres en su lugar. Tampoco es que haya echado a su mujer a la calle. No le ha roto las costillas ni la ha atado a la cama. No es ese tipo de marido. La perdonará y sus vidas volverán a su cauce. Está decidido.

—Vistámonos. Se hace tarde.

Heron sabe que Maggie hace cosas durante el día, solo que no está seguro de qué ni de cuándo. A lo mejor es el día del grupo de juegos, o el día que Dawn la lleva al café matutino en la biblioteca. No importa.

—Venga, Maggie, vamos a ponerte esto.

Intenta quitarle a Maggie la parte superior del pijama, pero ella se abraza el cuerpo con las manos.

—¿No te gusta este vestido?

—No. —Su carita es puro trueno. Furia.

—¿Este?

—No.

Vacía los cajones de Maggie sobre la moqueta del dormitorio. Vestidos a cuadros escoceses y suaves petos. Su chaqueta favorita del oso Rupert. Todo. Con cada camiseta rechazada, Heron siente que se le está acabando la paciencia. Saltará, lo está viendo venir. En cualquier momento cogerá a esa diminuta personita y la vestirá con algo, lo que sea. Se susurra a sí mismo, el recordatorio, solo tiene tres años. Solo tiene tres años.

—¿Qué es lo que quieres, Maggie? Hemos pasado revista a casi toda tu ropa.

—Quiero a mamá.

A Heron le sorprende recordar el apellido de esa mujer que hace unos meses apenas formaba parte de su visión periférica. Deja a Maggie comiendo la tostada y hojea la guía telefónica, deslizando el dedo de arriba abajo por sus letras diminutas y negras, por sus páginas finas de Biblia. Walker, Weekes, Wright. Wright, H. Es Dawn quien coge el teléfono, un cierto alivio, y ella también está de acuerdo, no pueden seguir así. Sí, tienen que hablar, sí, se encontrará con ellos en el parque. En media hora. Ahora. Lo antes posible.

Se turnan para empujar a la niña en el columpio. Adelante y atrás. Adelante y atrás.

—Cuando yo crezca —dice Maggie—, mamá será una niña.

Y Dawn empuja y espera, empuja y espera, y responde:

—No, cariño, no va así. Una solo se hace mayor, no pequeña.

Empujan el columpio juntos, Heron detrás de la niña, Dawn delante, fingiendo cogerle las botas de agua cada vez que se balancea en dirección a ella. Cuando Maggie se cansa, los tres se sientan en el banco y comparten el termo de chocolate caliente que ha traído Dawn y la fiambrera pequeña de galletas saladas, como si no hubiese ocurrido nada en absoluto.

—Salud —dice Dawn levantando la tapa del termo en dirección a él.

—Salud —responde él, chocando la esquina de la galleta contra el borde de la taza que ella sujeta.

Maggie mordisquea el tentempié y Heron y Dawn hablan como hablan los padres delante de un niño pequeño. Editando el vocabulario que luego puede repetirse, yendo por la conversación con pies de plomo.

—Me necesita —dice Dawn—. Nos necesitamos.

Habla con calma. Fiera.

—Lo sé. Lo sé. —Heron se detiene, intenta pensar—. De hecho, ¿puedes quedarte con ella? Necesito ir a trabajar.

—Si me das una llave.

Y él lo hace.

Es como firmar un acuerdo, aunque nadie está seguro de cuáles son los términos. Dawn se lleva a Maggie a casa; pronto necesitará almorzar, echar la siesta. Heron se recuperará de forma milagrosa y volverá al trabajo. Lo último que necesitan es que él pierda su empleo. No hablan de dónde dormirá Dawn esa noche ni de quién llevará a Maggie al grupo de juego por la mañana. De todas formas, es un progreso, un paso hacia delante. Heron mira el reloj y dice que llegará a y media a la oficina si se da prisa. Alegará que había tráfico.

—¡Adiós, lagarto! —exclama en dirección a Maggie, poniéndole el dedo en la punta de la nariz.

—¡Hasta luego, cocodrilo! —grita ella, de pie en el banco, saludando y saltando hasta que lo pierde de vista.

DURO

El bufete queda encima de una tintorería, en el extremo barato de la calle principal. Heron pulsa el portero automático junto a la puerta y la voz de una mujer le dice que suba las escaleras, dos tramos. Ya ha estado allí antes, aunque hace años, para firmar papeles de la casa. Traspaso de bienes inmuebles, a mano izquierda. Hoy entra por la puerta de la derecha, derecho de familia. Heron espera su cita y la secretaria rasca los últimos granos del fondo del tarro de Nescafé para prepararle uno. Cuando la mujer pregunta, él responde, «con leche, por favor, y sin azúcar», cosa de la que se arrepiente al verla echar leche UHT en la taza. El café sabe a plástico, sabe a acampada. Heron siempre está cometiendo errores así, pequeños errores de juicio que estropean las cosas. Se bebe el café e intenta olvidarlo. Para la próxima lo sabrá.

Había concertado la cita una semana antes; seguro que no había nada malo en averiguar qué tenía que decir un abogado sobre todo aquello. Heron quiere información, nada más; quiere saber lo que se supone que tiene que hacer ahora. Cuáles son las reglas. El despacho está lleno de archivadores, de diplomas en la pared. Es de los despachos que le cambian la voz a Heron, solo levemente. Cuando el abogado le pregunta cosas, Heron suaviza su acento. Pone cuidado en pronunciar bien todas las palabras.

En el despacho hace calor, y el abogado tiene la chaqueta del traje colocada sobre el respaldo de la silla. Las mangas de la camisa se le hinchan en el codo, por encima de unos brazaletes elásticos dorados. Heron se pregunta para qué servirán. Si serán incómodos de llevar. Cuando el abogado toma de nuevo la palabra, interrumpe los pensamientos de Heron, que da un pequeño brinco.

—No te preocupes —dice el abogado—. En casos así, el tribunal casi siempre concede la custodia al padre.

El abogado habla y a Heron le tranquiliza estar allí sentado delante de ese hombre con corbata a rayas y una plaquita de cobre con su nombre en la puerta. Un hombre que sabe exactamente lo que Heron debería hacer. Su madre tenía razón, necesitaban a un profesional. Era demasiado para que Heron lo manejase solo, había dicho ella. Demasiado complicado. No es el primer caso por el estilo, le explica el abogado, aunque, como dijo por teléfono, «son cosas que por lo general pasan en Londres. De todos modos, el caso de la madre incompetente es de los fáciles».

—¿Incompetente? —repite Heron.

—Los jueces lo dejan clarísimo. —El abogado enumera los motivos con sus dedos gruesos—. Riesgo para el niño, daño psicológico, influencia de, esto… —Carraspea mientras tuerce la boca para decir—: Perversión.

Es un buen caso. Mucho trabajo, el divorcio, la petición de custodia, seguramente también una apelación. Lo que pasa es que no está convencido de que el joven tenga el estómago necesario. El abogado recalibra y ofrece la alternativa, aunque es como empujar para que el dinero salga por la puerta.

—Siempre puede intentarlo por la vía no oficial, si lo prefiere. Cuando hay un, cómo decirlo, un poquito de escándalo, siempre se puede convencer a la otra parte para que se quite de en medio antes de que haya jaleo. Para evitar que salga en los periódicos.

Ahora Heron habla, para comprobar que está entendiendo lo que le dice ese hombre.

—¿Cree usted que debería chantajear a mi propia esposa?

El abogado no suspira, pero le entran ganas. Es casi la hora del almuerzo y tiene una lista de citas tan larga como su brazo. ¿Por qué, se pregunta por tercera vez en el día, acude allí la gente a pedir consejos que no quiere seguir? No le falta empatía, por supuesto que no, ese hombre acaba de sufrir una conmoción terrible, no hay más que verlo para darse cuenta. Pero aun así. Se inclina hacia delante en su escritorio; le hace las preguntas que Heron tiene demasiado miedo de preguntarse.

—Pero ¿acaso ella quiere quedarse ahora con la niña? Está claro que se trata de una... —El abogado se detiene para buscar las palabras, se traga «aventura» y encuentra «situación»—: Una situación que empezó hace meses. A mí me parece que lo que menos le interesa a su mujer ahora es la vida familiar. —Hace una pausa para dar énfasis—. Si no pide la plena custodia de su hija, los servicios sociales se encargarán de tomar la decisión por usted.

Antes de marcharse, Heron deja un cheque con una cantidad suficiente para cubrir la primera reunión y pagar lo que haya que hacer después. Le cuenta al abogado todo lo que sabe, que Dawn está viviendo ahora allí, con esa mujer, que lo había admitido todo, ante él, en la mesa de su propia cocina. También se lo cuenta a la secretaria, que lo ha escuchado todo con la mirada esquiva, mientras toma las notas con el código ese punto-raya de la taquigrafía. Algo se ha puesto en marcha, lo sabe. Procesos y gente que convertirán sus problemas privados en algo oficial. La nueva amenaza que pende sobre su cabeza: que se lleven a Maggie si él no hace algo como le dicen. Heron no se ha quitado un peso de encima con esa reunión; esas personas le han arrebatado algo más aparte de los honorarios. Han convertido la situación en realidad.

103

NOVIEMBRE DE 2022

AL FINAL, ES EL PAPELEO

Heron tiene que hacer un poder notarial, no de forma inmediata, dice la médica, pero en algún momento. Cuando se sienta listo. Pronto. Tendrá que contárselo.

Normalmente pasan el uno por casa del otro, se dejan caer sin avisar, con alguna noticia, o para intercambiar objetos pequeños entre uno y otra o entre otra y uno. Unas plantitas jóvenes del invernadero de Heron, algún objeto que le han dado en el trabajo a Maggie y que cree que puede venirle bien a él. Maggie entra y sale de casa de Heron como si nunca se hubiese marchado de allí; va de visita, pero nunca es invitada. Pero ese día él la había llamado para invitarla, para preguntarle si puede ir sin los niños, cosa que, se imagina ella, significa algo.

Heron y Maggie se sientan frente a frente a la mesa de la cocina, calentándose las palmas de la mano con las tazas. Hablan de si puede uno fiarse de la aplicación del tiempo de la BBC, de si los grifos de agua caliente instantánea merecen el gasto cuando los hervidores cumplen el mismo cometido a la perfección. Es justo lo que los demás piensan de ellos. Están a gusto en compañía del otro. Contentos. Y es cierto: es bonito que sea tan fácil. Lo que estropea las cosas es señalarlas. A Maggie siempre le ha molestado que la gente le diga la suerte que tiene de tener eso, esa forma de estar juntos. Qué suerte, dicen, estar tan cerca de tu padre.

La gente lo llamaba suerte cuando quería decir rareza. Como si que te críase tu padre solo estuviese a un paso de crecer en medio de una manada de lobos. Como si un padre y una hija que vivían solos fuese tan poco corriente que hubiese que mencionarlo, una planta alpina rara entre las familias comunes o plantas de jardín. Maggie ni siquiera estaba segura de que fuese verdad, al menos no del todo. Siempre había otra gente echando una mano. La verdadera soledad, piensa, no empezó hasta que murió su abuela, cuando Maggie tenía doce años. Entonces sí estuvieron solo ellos dos. Heron y Maggie, su pequeña familia extraña e inseparable.

Maggie dice que tiene dos horas, porque luego hay que recoger a Olivia de su partido de fútbol y llevarla a una fiesta de cumpleaños de temática submarina. Hasta entonces puede sentarse en la comodidad raída de la charla de Heron, mientras espera que le explique la presencia de una caja de cartón llena de papeles en la mesa de la cocina.

Maggie pensaba que sería algo de eso, uno de los proyectos que él emprendía y que, como de costumbre, parece que ya se le ha ido de las manos. Heron nunca está tan contento como cuando tiene un proyecto en marcha y Maggie está acostumbrada a que la arrastren para ofrecer apoyo administrativo. Seguro que necesita ayuda con alguna página web, con algún impreso que hay que rellenar. Se acuerda de la fase que pasó con los concursos, cuando ganó un año de suavizante gratis o algo así. O la vez que se indignó tanto con el estado de las zonas verdes de las aceras que Maggie tuvo que pedirle que se controlase antes de que el parlamentario local lo pusiese en alguna lista de locos peligrosos.

—De acuerdo. ¿Qué quieres que haga? —pregunta ella, echando un vistazo a la caja—. ¿Una petición contra las peticiones?

—Estoy haciendo limpieza —le dice Heron—. ¿Podrías ver si quieres llevarte algo? Lo demás lo tiraré.

Maggie hojea todos los papeles absurdos de los que debería haberse deshecho hace años, los certificados de gimnasia y los informes escolares. Libros de ejercicios de francés que revelan una lucha continua con el participio. Maggie echa un vistazo a su pila y él le echa un vistazo a la suya. Guardar. Reciclar. Guardar. Reciclar.

Ambos son de las personas que se reirían con desdén ante la mera idea de meditar. De hecho, son famosas las enormes filípicas de Maggie contra lo que ella considera el culto pernicioso del *mindfulness*. Pero ahí están, juntos, sumidos en la pacífica satisfacción de ocuparse de una tarea atrasada durante largo tiempo.

—Es asombroso, ¿no? —dice Maggie—. Increíble. Lo que se acumula.

—Sí que es increíble —secunda Heron, y arroja a la trituradora los extractos bancarios de hace diez años.

Esto es, de hecho, la suerte que los demás ven en ellos. La suerte de tener a alguien que te escuche cuando dices cosas aburridas, obvias y verdaderas, que sin embargo parece importante pronunciar en voz alta. Cuánto papeleo hay en vivir una vida. Lo asombroso que resulta verlo, tomarlo en tus manos.

Se ríen ante la pila de revistas para el consumidor *Which?*, ante el manual de instrucciones de una tostadora de hace tres tostadoras. Las chequeras caducadas de cuentas que ya no existen. De bancos que ya no existen.

—Amontonar —dice Maggie—. Esto se llama amontonar.

Pero Heron no quiere aferrarse a ninguna de esas cosas. Quiere el espacio que creará su ausencia, en su casa y en su mente. Más tarde, cuando Maggie se haya marchado, terminará con lo demás. Triturará la carpeta que ha escondido tras el microondas al llegar Maggie, reciclará la caja de archivos del ático. No sería justo, piensa, dejar ese trabajo tras él.

—Entonces ¿ya está? —pregunta Maggie cuando han terminado—. ¿No hay lotería escondida ni mapas del tesoro acechando por ningún sitio?

Heron recorre los pocos pasos que lo separan de la cocina, hasta un pequeño tablón de corcho que hay tras la puerta trasera. Levanta el menú de un restaurante chino y quita la chincheta de la carta con el membrete del hospital. Maggie la lee, una, dos veces. «Estimado señor Barnes. Próxima cita. Oncología». Maggie lee la carta y entiende que su padre morirá. Entonces eso es, eso es lo siguiente. No es exactamente un shock, sino una confirmación. Siente que su comprensión sube a la superficie. Un fragmento de conocimiento retenido que ha almacenado sin querer. Canciones de U2, la fecha de la batalla de Hastings, la mortalidad de su padre. Toda la información que su cuerpo ha retenido, quisiese su cerebro almacenarla o no. Maggie devuelve la carta y observa a Heron pinchándola de nuevo en el tablón.

—Ya veo —dice, porque así es.

Luego, se sientan de nuevo. Son los mismos de siempre. Sentados a la misma mesa. La nueva información deja un rastro de vapor en su conversación. Maggie no hace preguntas sobre segundas opiniones ni plazos. Heron no da más detalles. No hacen bromas, ni lloran, ni hacen nada de lo que es corriente o útil hacer en momentos así. En lugar de eso, Heron hace más té y Maggie mete fotos viejas en álbumes nuevos. Una versión de ella, alrededor de dos años, con el helado escurriéndole por la barbilla. A los tres, más o menos, con las mejillas embadurnadas de pintalabios y unos collares alrededor del cuello. Las fotografías normales de una vida. Su primer día de clase. El campamento de scouts.

Maggie había pensado comentarle a Heron lo de la puerta del dormitorio de Olivia, que tiene el pomo muy duro. A ver si se pasaba para echar un vistazo. De costumbre, su padre venía al almuerzo de los domingos con su caja de herramientas, a sabiendas de que seguramente lo esperase alguna chapucilla. Ya lo había pillado en alguna ocasión registrando la casa, buscando bisagras flojas o bombillas quemadas, incapaz de resistir su compulsión de ser útil. A un hombre con cáncer no podías pedirle que te arreglase un pomo de la puerta.

Maggie sabía que tenía que decir cosas para facilitarles a ambos el momento, para devolverlos al lugar banal pero necesario de una tarde de sábado de noviembre. El problema era que las palabras nunca eran la forma de llegar a Heron. Las cosas que no podía decirle en voz alta a Maggie se hallaban en las paredes de su casa. El incómodo aplique de cobre que había colgado con tanto cuidado en el techo del rellano, la delantera improvisada que había hecho para el cajón roto de la cocina. Todo aquello era una forma de decir «Estoy orgulloso de ti. Te quiero». Así lo había visto siempre Maggie. Su ayuda, su presencia diaria en su vida, era algo físico y esencial. Dependía de la habilidad de su padre para arreglar lo que se rompía.

Maggie y Heron repasan la siguiente caja de papeles en silencio, tirando mucho más de lo que guardan. Mientras trabajan ella ve, no cómo será estar sin él, sino cómo será esperar. A partir de ese momento Maggie vivirá así, anticipando la pena, durante todos los meses y años que tarde. El tiempo de antes ya ha transcurrido. El tiempo en que todo estaba simplemente bien. Su vida, su trabajo, su familia. Todo a su ritmo. A partir de ese momento la vida sería así, pero más difícil, y luego más difícil todavía. Y, en medio de todo, también siente un extraño alivio. Es el día que lleva esperando toda su vida. Su oportunidad para devolverle lo que ha hecho por ella. A quien la quiso. A quien se quedó.

PROTECCIÓN INFANTIL

En el coche, mientras esperan la comida para llevar, Maggie está de acuerdo en que una chica que ha ganado dos a cero por la mañana y se ha pasado la tarde vestida de medusa melena de león se merece de veras una ración grande de patatas fritas y un batido. Maggie dice «sí, lo que quieras», sí a todo. El día ya ha sido demasiado largo, el pensamiento de preparar la cena es risible, sin más.

—Pide una hamburguesa con queso para mí, otra para papá, y lo que le guste a Tom.

Entre bocados decepcionantes de hamburguesa con queso Maggie y Conor se ponen al día de la semana que acaba de concluir. La reunión de Conor con los clientes: un éxito. La nueva becaria de Maggie: ha entrado con buen pie. Milly, o Tilly, o quizás incluso Lily. Tom y Olivia comen patatas y hamburguesas. Hacen ruido al sorber por las pajitas de plástico, al arañar con ellas el vaso. Los padres comen y esperan a que los niños queden absortos en la tele. En voz baja Maggie y Conor se muestran de acuerdo. De momento, se lo guardarán para sí. Es demasiado para que los niños se enfrenten a ello. La realidad. Un abuelo que no es invencible. Enfermedad, muerte. Todo. Eso es lo que hacen los padres; es su trabajo proteger a los niños de las verdades dolorosas.

Esa noche, Conor se encarga de la rutina. Maggie necesita más tiempo para practicar, para asegurarse de que no se le nota en la cara. Conor se asegurará de que Olivia se ha lavado los dientes y le ha dado de comer a los peces. Se encargará de que Tom apague el teléfono, lo aburrirá con el recordatorio de siempre sobre la importancia del sueño. Esas son las veces en las que Maggie se siente más enamorada de su marido. Las veces en las que resultaría más extraño decirlo. Lo quiere cuando conduce durante largos tramos aburridos de autopistas para llevarlos a casa sanos y salvos. Lo quiere cuando charla con los compañeros de Maggie en la fiesta de Navidad de la empresa, sin dar nunca la impresión de aburrirse, aun cuando habla con gente objetivamente aburrida. No es lo que se imaginaba sentada en el sofá cama con sus amigas adolescentes, comedias románticas en VHS y palomitas de microondas. Tiene la certeza de que eso es amor, práctico y seguro.

La noche sigue un ritmo conocido. Maggie saca el pijama de Olivia de la secadora y estira a sacudidas las arrugas del sistema solar. Siempre dobla primero los pijamas, porque es lo que le resulta más agradable. Mete los pantaloncitos suaves dentro de la parte superior, como en las tiendas, un paquetito que colocar sobre la almohada de su hija. No tiene tiempo para apenarse, ni para pensar en general, tiene todo eso por hacer. Todo ese trabajo que no es su trabajo. Todo lo que se dice que hay que hacer para mantener el curso normal de una familia, de una vida. No sabe con exactitud cuándo se convirtió en una mujer así. Una mujer que se pregunta vagamente, y sin verdadero deseo de cambiar, si su familia debería pasarse a la leche de avena. Una mujer que ahora sabe que su padre se está muriendo, pero que no conseguía encontrar las palabras para hablar del tema con él. Porque de alguna forma se avergüenza de lo que piensa sobre la cuestión, de lo que diría si abriese la boca para hablar. No puede decir: «No puedes morirte, ahora no, porque a veces querré llamarte para contarte un chiste que he leído en el periódico, o para decirte que he visto a un famoso en el andén de London Bridge. No puedes morirte porque entonces no estarás en las fotografías de todos los días que aún no han tenido lugar, los niños ya crecidos, graduaciones, bodas, sus bebés». Maggie sabe que no se le puede decir a nadie que no se le permite morir, por muy razonable que sea la petición.

Y OTRAS HISTORIAS

Maggie y Conor no se pelean a menudo, pero sí que discuten por ese tema, de forma periódica y en diferentes modalidades. A veces es una discusión contenida, entre dientes. En ocasiones más contadas se dejan llevar y es una verdadera pelea, ejecutada en voz alta, con lágrimas y tacos.

Conor vuelve a sacar el tema. Solo le pide que lo piense, dice él. Que considere la posibilidad.

—Hay gente perdida en todas partes —dice Maggie—. Alguna gente se pierde, sin más. Tienes que dejar el tema.

Pero Conor no entiende, o no quiere entender, lo que significa eso.

La primera semana que él le contó lo del diagnóstico, Heron y Maggie no hablaron más del asunto. De forma implícita acordaron que llegaría un momento en que se convertiría en monotema. Mejor así de momento, hasta era más sano seguir como siempre, se decía Maggie. Aun así, empieza a fijarse en cosas en las que no se había fijado antes. En los pastilleros semanales de plástico en el cajón del baño de su padre. En su continuo afán por hacer limpieza y desechar los papeles que no hacían falta. Maggie no se metía. Si eso era lo que él quería hacer, ella lo dejaría. Habría mucho tiempo para la tristeza, ambos lo sabían, pero no por ahora, no todavía.

Conor está cansadísimo de ellos dos. De sus silencios. Él cree que es una oportunidad. Un punto de inflexión.

—Está claro que es el momento perfecto para hablar con tu padre de todo eso —dice—. Hay tanto que no sabes sobre ella, deberías preguntar.

—¿Qué hay que saber, Conor? —suelta Maggie a modo de respuesta—. Es lo último de lo que querría hablar con él en este momento.

Así que Conor levanta las manos, como el bueno arrinconado en una peli de vaqueros. Sale de la habitación. Lleva bastante tiempo casado con Maggie como para saber cuándo rendirse.

Lo típico, se conocieron en la universidad. Conor estaba metido en los movimientos políticos estudiantiles, por la popularidad, no por ideología. Maggie tendía a estudiar más de lo necesario, pero era divertida cuando se soltaba. Cuando Conor piensa en ello, le parece que han pasado un millón de años, no veinte. Fiestas en casa, conferencias, toda la pasión temprana que cabía en una cama individual. Por aquel entonces ambos habían intentado fingir que sus familias no existían; actuaban como si hubiesen salido del huevo formados por completo, justo a tiempo para la semana de adaptación de los nuevos estudiantes. No podía durar. El padre de Maggie estaba siempre allí, en el fondo, como una red de seguridad, o una cadena que le impedía alejarse demasiado de casa. Durante el periodo en que empezaron a salir, Maggie nunca se saltó la llamada a casa del domingo por la noche. Insistiendo siempre en que su padre no la vigilaba, sino que simplemente le gustaba mantener el contacto, sin más. Siempre estaba al otro lado del hilo telefónico. Siempre allí, esperando en su Volvo para recogerla al final del trimestre. Conor aún recuerda a las dos chicas con las que Maggie compartía casa, y cómo lo picaban con el asunto. «Sabes que su padre es de los protectores, ¿no?», le decían mientras él, en calzoncillos, intentaba desenterrar un par de tazas del fregadero de Maggie. Se había reído, enjuagado las tazas, medio descorazonado, y luego las había ignorado.

No eran más que las bromas habituales a expensas de un nuevo novio. Pero, cuanto más conocía a Maggie, más preguntas se hacía. La facilidad con la que descartaba cualquier plan si su padre la necesitaba. No llegaba a resultar raro, les decía a sus amigos, la cosa no llegaba a ser patológica, pero, definitivamente, era demasiado. Su relación era una talla más pequeña de lo debido. Suavemente asfixiante.

Maggie tardó casi un año en hacerlo merecedor de una visita a casa. Para entonces, Conor había empezado a imaginarse a Heron como una especie de hombre-mole, la caricatura del machote armado y sentado en el capó del coche, listo para proteger a su niñita de las maldades del mundo. Por fin, un domingo tranquilo del segundo semestre, habían cogido el tren juntos para comer con él. Conor, con el pelo recién cortado y una camisa semiplanchada, ofreció su mejor apretón de manos a un hombre que resultó ser discreto hasta el punto de permanecer mudo la mayor parte del tiempo. Entonces Conor vio que no era Heron quien sobreprotegía a su hija, era una cosa mutua, una especie de campo de fuerza que había crecido alrededor de ambos. Un caparazón protector que habían construido con los años. Al final acabó acostumbrándose a esa forma que tenían Heron y Maggie de vigilarse sin verse. Maggie le dice a Conor que está tan cerca de su padre porque han sufrido algo juntos, han sobrevivido todos esos años estando los dos solos. Como si todo fuese una verdad inevitable, indiscutible.

Conor piensa mucho en el padre que quiere y no quiere ser. No quiere ser del todo como el suyo, que ha establecido una lista corta pero muy específica de tareas paternas. Trinchar la carne. Pagar la cuenta en los restaurantes. Cualquier cosa que tenga que ver con los coches. Tampoco como Heron, que es mucho más participativo, pero, según le parece a Conor, nunca está contento del todo. Durante mucho tiempo, Conor pensó que la paternidad consistía en hacer cosas. Cuando tuvieron a los niños, Conor cambió pañales, empujó carritos. Hizo todo lo que se suponía que había que hacer. A medida que los niños se hacían mayores, siguió haciendo lo que tocaba: deberes, atar cordones, contar chistes malos. Llevó durante años una pegatina que ponía «el taxi de papá» en la luna trasera del coche, hasta que Tom se negó a montarse si no la quitaban.

A veces, cuando está solo con Olivia, Conor intenta imaginarse ese universo paralelo donde solo están los dos, padre e hija contra el mundo. Solo él para recogerla de la escuela y prepararle la cena. Solo él para ayudarla a encontrar el libro perdido de la biblioteca o escuchar el drama infantil que en ese momento ocupe el centro de la vida de su hija. Piensa también en el otro lado de la cuestión. Solo ella. Solo una niñita para hacer de caja de resonancia contra todo el peso del trabajo, las facturas, la decepción y la soledad.

Conor tiene una nota secreta en su teléfono titulada «Temas de los que hablar con los niños». Anota el nombre de sus amigos, las series de televisión y los juegos de ordenador que más les gustan y de los que él nunca ha oído hablar. Los escribe y luego habla. Pregunta. Escucha.

Conor tiene que preguntarle de nuevo, no puede evitarlo, aunque ella le ha dicho que no lo haga. Está seguro de que Maggie lo lamentará, de que todos lo lamentarán, así que saca el tema mientras está escurriendo los espaguetis, echándose hacia atrás para evitar que el vapor le empañe las gafas.

—¿Ni siquiera tienes curiosidad, Maggie? Lo más probable es que aún esté viva. En España o algún sitio así. Podría tener otros hijos.

Maggie siente en la mandíbula el dolor de mantener la boca cerrada en un esfuerzo por no gritarle a su marido. Por ser tan ingenuo. Por su infatigable consideración. Para Maggie resulta de lo más obvio que preguntarle a Heron por su madre en ese momento supondría una traición. La asombra que

Conor no se dé cuenta. Sería impensable tenderle la mano a una extraña justo en el momento en que su padre más la necesitaba.

De alguna forma, se las apaña para respirar. De alguna forma, se las apaña para tragarse el grito y luego dice:

—Tuvo una aventura. Se divorciaron. Se mudó a otro sitio. Genial. Pero, fuese quien fuese, lo escogió a él antes que a mi padre. Lo escogió a él antes que a mí.

NOVIEMBRE DE 1982

LAS REGLAS SE APLICAN A TODO EL MUNDO

Tras la reunión, Hazel le da a su clase unos ejercicios y los niños inclinan la cabeza sobre sus pupitres, concentrados. En medio del silencio, ve que un niño de siete años se rasca una postilla que tiene en el codo izquierdo. Hace una pequeña trampilla con ella que se abre y se cierra hasta que al final se la quita y deja que la postilla caiga sobre las losetas del suelo. La piel nueva es rosa, fresca y brillante.

Se permite darle vueltas al asunto. Esa mañana, un poco antes, Dawn de pie, delante de la puerta principal, empujándola hacia dentro. Una mano en la nuca y los dedos entrelazándose en su pelo mientras la besaba. Al otro lado del cristal escarchado, la vida seguía su curso. Niños arrastrando una pelota por el bordillo. Un perro ladrando en el piso de abajo. Era un beso en el que perder tiempo. En el que perder toda noción del espacio. Y entonces Dawn se había quedado petrificada, como si de repente se le hubiese ocurrido una solución. Se había echado hacia atrás para mirar a Hazel a los ojos y había dicho: Mi vida ha sucedido en el orden equivocado. Debería haberte conocido a ti primero.

Hazel había intentado interrumpirla, inclinar su cuerpo contra el de Dawn y callarla a besos.

—En serio. —Dawn lo había intentado de nuevo, sujetando a Hazel por los hombros para hacerla escuchar—. Ojalá fuese yo la primera persona a la que amases.

—¿Y quién dice que no lo seas?

Al menos aquello, aquella respuesta encantadora de Hazel, había hecho reír a Dawn, rompiendo el ambiente, dejando entrar algo de luz.

—¡Y yo todo este tiempo imaginándome una larga lista de corazones rotos tras de ti!

Ha habido otras, admite Hazel, dos de las que le hablará con detalle a Dawn cuando tengan más tiempo. Una que preferiría no mencionar. Un par de ellas más, demasiado fugaces para merecer que se las saque a colación.

—Y todas ellas sin contar a Jill —dice. Jill, que resulta ser solo una amiga del cole o el primer amor verdadero de Hazel, según se mire.

—Cuéntame —dice Dawn—, por favor.

Necesita saber cuál es su lugar en la historia de Hazel. Necesita preguntar qué podría ocurrir a continuación en la suya propia.

Hazel protesta, la hora, tiene que ir a trabajar. Hasta que Dawn pasa los brazos alrededor de la cintura de Hazel, enlaza las manos por detrás de su espalda e insiste, tiene cinco minutos, seguramente diez. Hazel se rinde.

—Mi madre estaba preocupada —dice Hazel—. Decía que Jill era una mala influencia, lo de siempre. Encontró mi diario.

—¿Qué pasó?

—Lo quemó. Un poco dramático, pensé. Y nos peleamos. Ya sabes. Dijo que menos mal que tenía a mi hermano. Al menos tenía un niño normal que la hiciese feliz.

Dawn no se sorprende; es lo que se imaginaba, más o menos.

—Entonces ¿qué? ¿Te fuiste de casa?

—Llegamos a una especie de acuerdo, para que ella pudiese salvar las apariencias ante los vecinos. Me largaron a la escuela de magisterio para que pudiese empezar de cero, lejos de las tentaciones del demonio.

—Ajá. —Dawn levanta una mano hacia la cara de Hazel y le coloca un mechón de pelo tras la oreja—. ¿Y qué tal está funcionando la cosa, señorita Wright?

Un beso risueño. Un abrazo. Los comienzos de lo que el beso podría significar, pero el tiempo está ahí, llenando el angosto vestíbulo del apartamento, estropeando las cosas. Hazel suspira, se alisa las arrugas del vestido, coge las llaves de la mesa del zaguán. El día está fuera, esperando.

—A Jill la vi años después, una vez que volví a casa en vacaciones. Estaba tendiendo pañales y tenía un carrito junto a la puerta trasera, todo el rollo. Me invitó a pasar, pero le dije que llegaba tarde al tren. Ambas sabíamos que no se nos había pasado. —Hazel aleja el pensamiento con un gesto de la cabeza, esa otra vida que ha dejado atrás—. ¿Y…?

Ahora mira a Dawn.

—Te toca.

—¿Yo? No. Al menos, no así.

—¿Siempre habías querido casarte?

—Creo que para ti es diferente —replica Dawn—. La universidad, el trabajo. Todo eso. Puedes elegir otra cosa. La verdad es que él era agradable, es agradable. Me llevaba a sitios. No restaurantes ni cosas así. Una vez cogimos el ferry a la isla de Wight. Me pareció romántico. Nunca había ido a ningún sitio. Ser la novia de alguien, la esposa de alguien, me hizo existir.

—No está mal. ¿Querías coger el paquete entero: boda, casa, bebé?

Dawn se encoge de hombros.

—No sabía que podías no quererlo.

Cuanto más lo piensa Hazel, más segura está. Ella es la única que puede detenerlo todo. Si se marcha ahora, hay una oportunidad de que Heron lo deje estar, de que deje pasar el asunto. Si consigue desaparecer. Empezar de nuevo. Como suele hacer.

Vuelve a la realidad cuando el volumen empieza a subir, algo vuela por la clase, y los niños susurran y se dan codazos.

—¿Es verdad, señorita? ¿Es verdad lo que dicen todos?

Fiona Murphy, con sus ojos de búho que parpadean tras las grandes gafas redondas, levanta la vista y le pregunta de nuevo a Hazel:

—¿Es verdad?

—¿Que si es verdad qué?

Lo siente en el pecho, en la parte trasera de su garganta. Sabe lo que viene después, la acusación. Después las llamadas de los padres. Explicando por qué no es adecuada para estar allí. La directora, que, con un poco de suerte, le permitirá escabullirse de forma silenciosa en las vacaciones de Navidad sin decir nada más al respecto.

—¿Que si es verdad qué?

Su voz es más firme. Intenta poner cara de póquer.

—¿Es verdad que los profesores hacen los lápices del cole con abejas? —pregunta la niña búho—. Daniel J. dice que meten abejas por un lado de la máquina y por la otra salen lápices negros y amarillos.

—No —dice Hazel a su clase—, no es verdad. —Una leve vaharada de suspiros de decepción flota en la clase—. Pero sí es verdad que las puntas rojas saben a fresa.

Hazel coge el borrador y le da la espalda a la clase, mientras veintinueve niños chuperretean encantados la pintura roja de los lápices.

Más tarde, una vez terminada por fin la jornada escolar, Hazel cierra los ojos. Suelta un suspiro. Lo hace a conciencia y coloca la frente en el escritorio, para descansar un momento en la oscuridad de la manga. Durante la hora que sigue al último timbrazo, en la cabeza de Hazel resuena su propio nombre. ¡Señorita Wright! ¡Por favor, señorita! Manos levantadas y voces fuertes que piden ayuda o atención centenares de veces al día. Ahora se sienta en el primer momento de quietud del día, y deja que se haga el silencio. Deja que las voces de los niños desaparezcan. Siete por siete, cuarenta y nueve. Las seis esposas de Enrique VIII. Se pone de pie y borra un diagrama del núcleo terrestre de la pizarra; abre la ventana y deja que la tiza salga en nubecillas blancas, a base de golpes suaves pero sonoros.

En una clase vacía hay espacio para pensar, el aire adecuado. Hazel pensaba de veras que esa vez la cosa funcionaría, o veía, al menos, un atisbo de posibilidad. Conocía a alguien que conocía a alguien que lo había conseguido, o quizá fuese solo un rumor. Pensaba que las cosas habían cambiado, al menos un poco. En realidad, ella pensaba que su plan de contárselo a él era casi bonito, casi romántico, hasta que no lo fue. Ahora daba otra impresión, la de algo imprudente e ingenuo. Hazel piensa, intenta encontrar una solución para arreglarlo. Había otras opciones, seguro. Ciudades más grandes donde nadie las conociese. Lugares donde Dawn sería la inquilina de Hazel si hacía falta, o Hazel la suya. Había ciudades, zonas pequeñas de Londres o de Mánchester, donde seguro que era posible ser la «amiga especial» de mamá, incluso formar una especie de familia. Si conseguían que él lo entendiese. Lo permitiese. Y ¿si no?

En tardes como esa, cuando está sola, Hazel intenta desenamorarse de Dawn. Hace una lista de todas sus malas costumbres, lo de dejar la mantequilla destapada, lo de juntar trozos de jabones en lugar de coger una pastilla nueva. Piensa en todas sus imperfecciones, ese trocito tan raro de la oreja derecha que es como la de un elfo, o un pequeño sarpullido que una vez tuvo en el codo, e intenta sentir asco en lugar de fascinación. Se dice a sí misma que no está desesperadamente enamorada de Dawn. Se dice a sí misma que no lo ha sabido desde el primer momento en que la vio. Se dice a sí misma que no haría cualquier cosa para tenerla. Para salvarla de lo que está por venir.

Tiene tareas que terminar antes de poder marcharse de la escuela. Hay exámenes de ortografía esperando su bolígrafo rojo, la pila de cuadernos con sus líneas anchas y sus portadas estampadas. Hazel está encantada con la distracción, y les presta atención a todos. Al de las fotos de gatos, recortados con cuidado de revistas y luego reunidos de nuevo en un collage surrealista de colas y ojos. A continuación, una sección transversal de un volcán precisa hasta el último detalle que se merece una de sus estrellas doradas. Hazel califica y piensa. No conoce a ese hombre, solo conoce la versión que Dawn le da de él, y lo que sabe al mirarlo. Ese hombre que siempre le sonreía con amabilidad y luego miraba como si ella no estuviera ahí. Solo una conocida de su esposa. Solo una amiga. De momento está contenido, los tres guardan el secreto, al menos mientras él quiera mantenerlo. Pero Hazel sabe qué ocurre después. Susurros a la puerta de la escuela. La familia de Dawn llamando a su puerta con consejos no tan amables. A partir de ese momento la gente aparecerá por todos los lados, lista para arrinconarlas de nuevo en su sitio o hacerlas desaparecer de la vista de todos. Hazel sube las sillas de los niños sobre los pupitres para hacerle la vida más fácil a la limpiadora. Escribe la fecha del día siguiente en la esquina de la pizarra y comprueba que su escritorio está ordenado, y su clase lista para volver a comenzar. Mañana está de camino, y todos los días que le seguirán.

CUESTA MUCHO ESFUERZO ENCONTRARLAS

Mucho esfuerzo y mucho tiempo. Cuando Dawn ve por primera vez el anuncio en la parte trasera del periódico dominical cree que es un milagro o una trampa. Pero pedir una revista no puede empeorar las cosas, piensa, así que lo hace. Dawn escribe una carta con su mejor letra, dirigida a un apartado de correos del oeste de Londres. La respuesta llega una semana después, el ascua de una promesa al rojo vivo que aterriza en el felpudo de la entrada.

Encuentra lo que está buscando en los anuncios clasificados de la revista, unos centímetros cuadrados de palabras y un número de teléfono. Hace la llamada desde una cabina tras un aparcamiento de varios pisos, donde hace frío y apesta a meado.

—¿Conoces la librería Arena? —le pregunta la mujer—. Nos dejan usar la habitación trasera. Hacemos turnos para llevar las galletas.

Dawn cuelga y mira la nota, garabateada en la contraportada de su agenda («jueves 20.00, Euston») y se pregunta qué diablos va a hacer ella con esa información ahora que la tiene.

La tregua entre ambos del día en el parque no había durado. Heron había empezado a decir que «era mejor, más fácil» que Dawn redujese el tiempo que pasaba con Maggie.

—¿Más fácil para quién? —pregunta Dawn, pero ninguna de las respuestas de Heron resulta convincente.

Heron cambia de plan, de repente su madre va a echar una mano, a llevar a Maggie al grupo de juego, a quedarse con ella hasta que él vuelva de trabajar.

—Su madre soy yo —le suelta Dawn en un rugido, o un susurro sibilante. Da igual—. Estoy justo aquí. Yo soy quien debería estar haciendo eso. No hay razón para que no lo haga.

—Se confundirá —contesta Heron—. Se alterará cuando te vea. Así es más fácil. Así es mejor.

Cuando llega la carta, el sobre les hace reír, su nombre, la dirección de Hazel. Pero la carta no es graciosa, con sus frases largas y sus membretes. Divorcio, de acuerdo, casi un alivio. Pero el resto. El resto la va devorando viva bocado a bocado.

Durante semanas, durante un mes, de hecho, Dawn no va al grupo de apoyo, pero planea cómo hacerlo. El tren y los dos autobuses necesarios. Recorre las líneas de calles desconocidas con los dedos en las páginas del callejero. Una vez va hasta la librería, a la hora y el día equivocados, en misión de reconocimiento. Quiere ver la calle, pasar junto al lugar donde se encuentran, intentando sentirlas, como un animal trazando su camino de regreso a casa.

No entra porque le da miedo que esas mujeres sean extrañas, no como ella. O, quizá peor, le da miedo que sean justo como ella, que lleven la misma ropa y oigan la misma música. Tiene miedo de ser igualita que ellas.

Llega a Euston, a sus aceras de hojas empapadas, a la oscuridad de un atardecer de noviembre que podría ser noche. Juega a ser una mujer mirando el escaparate de una librería con las manos en los bolsillos y la barbilla envuelta y oculta en su fular de mohair. Si la ven allí dirá que solo estaba mirando escaparates. Pensé que era una librería. Una librería normal.

El cartel de la hoja de vidrio de la puerta pone que está cerrado, pero Dawn ve la luz en la habitación trasera, su resplandor amarillo. Las figuras de mujeres que colocan sillas y se pasan tazas. Su reflejo en el espejo es extraño, como una estatua, como un fantasma. Se sacude la melena, ese clima es un desastre para sus rizos, se pone recta. Ha hecho un esfuerzo, sus mejores pendientes, un abrigo relativamente nuevo. Una armadura que la mantenga a salvo. Dawn observa cómo la mujer atraviesa la oscuridad de la tienda cerrada en dirección a ella y gira el pomo para abrir la puerta, dejando entrar el aire de la calle fría. La mujer, alta y sonriente, que pregunta «¿Vas a entrar?» antes de coger a Dawn con suavidad por el codo para acompañarla, avanzando junto a las estanterías llenas de las historias de otras personas.

La habitación trasera de la librería es pequeña y las mujeres se sientan rodilla contra rodilla. La primera vez que Dawn acude no habla. Asiente con la cabeza y sujeta la infusión cerca de su cara para dejar que el vapor le caliente las mejillas. Intenta no mirar a las dos mujeres sentadas enfrente, la forma silenciosa en que se dan la mano, la forma de mirarse. La mujer que hay junto a Dawn lleva botas de ante, de un verde oscuro, sueltas a la altura del tobillo y con el tacón perfecto. Dawn las ha visto en el escaparate de Russell & Bromley. Se llama Sue, tiene dos hijos. Ella solo fue a juicio, le dice al grupo, para alejar a los niños de su marido, que resultó ser de los que te sujetan la mano contra la mesa de la cocina y usan tu brazo como cenicero.

Las demás mujeres escuchan, la dejan hablar, y Dawn desea que se sorprendan más. Quiere que alguien llame a la policía, que alguien haga algo cuando Sue dice: «Sus abogados dijeron que los vestíamos de niñas. Que les poníamos cintas en el pelo. El juez no quiso ni oír una palabra de lo que él me hizo a mí».

Dawn regresa al grupo la semana siguiente y a la siguiente. Se entera de las incesantes batallas con asistentes sociales, de lo que cuestan las cartas de los abogados. Escucha a mujeres que llegan a un acuerdo con sus maridos, a las que consiguen que la cosa funcione. A las que no.

Entremedias, las mujeres comparten otros fragmentos de su vida. Melanie, cuyo hijo ha aprobado los exámenes para hacer la secundaria en la *grammar school*. Caroline, que acaba de recibir su primera clase de conducción después de tantos años. Es como todos los demás grupos de madres donde ha estado Dawn. Mujeres cansadas haciendo lo que pueden. Cuando las escucha no entiende por qué se molestan los tribunales, por qué emplear tanto esfuerzo contra esas mujeres corrientes. Al final de una noche, Dawn encuentra a Sue apilando las sillas y le hace la pregunta que la lleva atormentando todo ese tiempo: «¿Qué mal le hacen a nadie?». Sue le sonríe, hace una pausa para encontrar las palabras con las que revelarle a esta joven cómo era en realidad el mundo.

—Están aterrorizados —le responde a Dawn—, eso es lo que pasa. Piensa en cómo lo ven ellos. Madres, amas de casa, viviendo juntas. Derribaríamos el sistema.

Una abogada acude al grupo una noche, una mujer seria con un traje azul oscuro.

—Hay más oportunidades de salvar algo —dice—, si conseguís probar ante el juez que vivís solas. Convencer al juez de que solo fue una vez, de que no es un estilo de vida.

Admite que un acuerdo fuera de los tribunales es normalmente más seguro. Si estás dispuesta a dártelas de buena chica, puedes conseguir como mucho los fines de semanas alternos y la mitad de las vacaciones escolares. Si consigues convencer a tu novia de que desaparezca a intervalos regulares. Si consigues que tu marido lo firme, vamos.

—¿Y si no? —preguntan.

De camino a casa Dawn se sienta junto a la ventana y hace un minúsculo avión de papel con su billete. Todas las mujeres del grupo de apoyo le han dicho que, si puede, evite los tribunales. Si es un hombre razonable deberían intentar llegar a un acuerdo privado. Pero es demasiado tarde. La fecha del juicio está fijada. Heron, como es natural, quiere hacerlo todo según las normas. En realidad, piensa ella, lo que quiere él es echarle la culpa a alguien de todo ese jaleo. En su fuero interno, Dawn lo sabe, su historia será diferente. Compadece a esas otras mujeres, de veras que sí, pero ella lo explicará todo, lo dejará meridianamente claro. El amor que siente por su hija es una especie de verdad científica, sólido y medible, visible para cualquiera. Cuando las mujeres del grupo leen en voz alta fragmentos de su juicio, Dawn contiene el aliento, como para conjurar su mala suerte. Esos jueces que se lo toman todo tan a pecho, como si fuesen la última línea de defensa entre madres inocentes y mujeres peligrosas que podrían seducirlas en el supermercado. Nada de lo que vive con Hazel le sugiere a Dawn una mala influencia. Es como electricidad.

En días más optimistas, Dawn sabe que encontrar el grupo ha ayudado, ahora sabe que no es la única. Aun así, es un riesgo. «No le cuentes a nadie que has estado aquí –le dice Sue–. Ni siquiera a tu abogado. Parecerá que estás metida en política. No les gusta la política». De todas formas, no importaría. Heron, o su abogado, ha mandado que alguien la siga. Ha visto a un hombre, incómodo y abrigado en exceso, seguramente un empleado de la oficina, intentando parecer una persona normal. Lo ha visto en las paradas de autobús y en la cabina cerca del piso. Seguro que la ha visto entrar en la librería cada jueves y después, metiendo la llave en la puerta de Hazel, echando las cortinas. El abogado de Dawn la ha advertido de que no se mude de forma permanente. Le había dicho que parecería que ya había tomado su decisión. Pero ¿dónde más pensaban que podía ir? Sus amigos eran amigos de Heron; no querían entrometerse. Había intentado valerse por sí misma. Cuando fue a rellenar los impresos para solicitar un piso para ella, el hombre del Ayuntamiento le dijo que regresase con su esposo.

Ese día, en el umbral, había tardado unos minutos en comprender. Su llave entraba en la cerradura, como siempre, pero no giraba. La notaba rígida e inútil. Heron y Maggie no estaban en casa, eso quedaba claro. Había mirado por la ventana y el buzón, había visto que el abrigo y las botas de agua de Maggie no se hallaban en su sitio, en el porche. La puerta lateral era alta, pero Dawn pensó que quizá pudiese trepar si usaba el contenedor como escalera. ¿Y luego? ¿Una piedra al cristal de la puerta trasera? ¿Confiar en la posibilidad de que hubiesen dejado entreabierta la ventana de la cocina? El día ya estaba comenzando, la calle se iba llenando de gente que se habría detenido a mirar a una mujer que asaltaba su propia casa. Dawn miró a su alrededor buscando ayuda, o testigos, y solo vio adolescentes con uniforme escolar y hombres trajeados que caminaban a zancadas en dirección a la estación, con un bocadillo y un libro de tapa blanda metido en los bolsillos del abrigo. Que los vecinos la viesen echando la puerta abajo no haría más que alimentar el escándalo. Dawn ya había empezado a notar que la estaban observando, esperando a ver qué hacía, desde la seguridad de sus vidas semiadosadas. Dawn no resopló ni resolló. En lugar de ello, se encerró en el coche e hizo una lista en la contraportada del mapa de carreteras de Gran Bretaña: los sitios donde podía ir, la gente que la entendería. En la lista solo estaba el piso de Hazel. Solo Hazel.

El viaje de regreso del grupo de apoyo parece mucho más largo que el trayecto hasta allí. Dawn camina desde la parada de autobús y se imagina ya de vuelta en casa, se lo desea a sí misma. El piso estará calentito y Hazel estará allí, de pie junto al hornillo, probando el extremo de un cucharón de madera para ver si la cena está lista. Ya casi está, se dicen una a otra, es casi una vida. Esta parte pasará, y luego vivirán. Necesitarán encontrar una casa mayor, por supuesto, para las tres. Espacio para los juguetes de Maggie, para su camita.

NADIE PIENSA EN DESPUÉS

Heron le dice a Maggie que mamá se ha ido de vacaciones, pero Maggie ve a Dawn observándola. Maggie ve a su madre esperándolos en todos los sitios donde van. En el parque, o al otro lado de la calle. Dawn los sigue. Aprieta la cara contra el cristal. Una vez grita por el buzón como una loca. Suplicando.

—Por favor —dice una y otra vez—. Por favor, Heron, me necesita.

Mejor todavía, dice el abogado de Heron. Pruebas de inestabilidad. Y pone en marcha una orden temporal de alejamiento que prohíbe a Dawn ver a Maggie hasta después de la vista. Heron se pregunta si no será demasiado. Un poco fuerte. Pero ¿qué se supone que tiene que hacer él? ¿Fingir que no pasa nada?

A finales de noviembre el bufete del abogado ha dejado de resultarle extraño a Heron. Ahora es rutina, el timbre, las escaleras, el café malo. La voz del abogado, tan familiar que le parece oírla en sueños, comprobando algún detalle del papeleo, asegurándole que está tomando la decisión correcta. La única. Cuando está en el bufete, se quita un peso de encima y se transfiere a gente con las letras adecuadas después del nombre, con el coche adecuado. No es una elección fácil, lo sabe, pero es la única que puede tomar, dadas las circunstancias. Ese día repasan las declaraciones, completan los preparativos finales. El abogado mueve páginas de una carpeta a la siguiente. Mueve la punta de su bolígrafo de plata por encima de la página, escrutando las palabras, midiendo su impacto.

—Tu madre está disponible la mayor parte de los días; eso nos ayuda mucho. Por lo general, el tribunal insiste en que haya algún tipo de influencia femenina para una niña.

—Bien —contesta Heron—. Lo entiendo.

—¿Hay alguien más en escena? ¿Alguna novia? Una prometida sería aún mejor.

—No —dice Heron—, no.

—Vale, es solo una cuestión de tiempo. Un hombre de tu edad. Y empezarás otra vez de cero.

El abogado de Dawn le dice qué ponerse para el juicio. Lo que se pondría una buena madre. Una falda. Toma las escaleras mecánicas hasta el segundo piso de los grandes almacenes y, mientras atraviesa la sección de mercería, decide raptar a su hija. Es lo más obvio. El jardín del grupo de juego sería lo más fácil. Podría aparecer al día siguiente por la mañana y decir que había habido un cambio de planes, una revisión en el dentista. Podría coger a la niña sin más y salir con ella. Solo que seguro que ya los han avisado, que les han dicho que estén al tanto. Vale. Tendrá que sacar a Maggie de casa, entonces. Vigilará hasta que llegue la madre de Heron, esperará a que él se marche a trabajar y luego entrará a la fuerza. A Dawn no le importaría tirar a esa vieja odiosa al suelo de un puñetazo si tiene que hacerlo. Cogerá a Maggie en brazos. Conducirá hasta Dover y se meterá en un barco que las alejará de todo eso. Se compra una falda y una blusa con un lazo en el cuello. Son prendas que una madre llevaría. Prendas que la madre de él llevaría.

DICIEMBRE DE 2022

ES DIFÍCIL, PERO CUANDO TE ESTÁS DIVIRTIENDO

La hija de Maggie se sienta en el escritorio de su habitación a escribirle una tarjeta navideña a cada niño de la clase. Lo más seguro es que no termine nunca su tarea, pues tiene planeado escribir un mensaje largo y personalizado con bolígrafo color oro a cada destinatario. Cuando se acuerda, Olivia pone un corazón en cada letra «i». En unas cuantas tarjetas, se molesta en garabatear una ramita de acebo o un cuidadoso copo de nieve. En otras, pocas, cierra el sobre con una pegatina de Papá Noel, el código con el que las niñas de ocho años se dicen «me encantas».

Tom está en su habitación, tirado en la cama mirando al techo. Debería estar también en su escritorio; es sábado por la mañana, lo cual significa deberes. En lugar de eso, está adormilado. Sueña con un futuro sin ecuaciones de segundo grado, con una vida en la que nadie le pida que compare y contraste. Tom, haciendo poco, pensando mucho. Esperando que el tiempo resuelva las cosas.

Abajo, en la cocina, Maggie abre la revista sobre la encimera que tiene delante, una excusa para demostrar a los demás que está ocupada y no deberían molestarla. Una hora antes, mientras estaban desayunando, Conor la había llamado «Santa Maggie mártir de la planificación navideña» y ella había desportillado una de sus tazas de café favoritas al golpearla contra el barreño de los platos sucios. Alguien debería hacerlo póster, piensa, «Amor es… que alguien te diga la verdad sobre ti misma antes de haber terminado siquiera el desayuno». O una versión más pegadiza, al menos. Maggie ha pasado más tiempo de su vida con ese hombre que sin él. Todos los lugares y personas más importantes de su vida son resultado de su vida en común, sin embargo, con qué facilidad lo habría asesinado hoy para no oír el ruido que hacía al comerse su tostada.

—Lo único que intento —había dicho ella— es crear recuerdos felices. Para todos.

En un tono de voz que incluso ella percibía menos como ama de casa con disposición festiva que como persona que conseguía mantenerse estoicamente de pie en medio de una gastroenteritis. La riña es una señal de que necesita salir de casa y resetear el humor familiar antes de que se amargue todo el fin de semana. Maggie se encuentra con Conor, pasando el aspirador por el interior del coche en el camino de entrada, y en un momento de heroicidad consigue no soltar ningún comentario.

—Voy a ver a papá, solo será media hora. —La disculpa de ella.

—Haré la comida cuando vuelvas. —La de él.

Heron mantiene su árbol de Navidad vivo todo el año, esperando en un tiesto esmaltado junto al cobertizo, una agradable concesión al cambio climático. Por derecho, el árbol debería ser ya bastante impresionante, pero, al igual que su propietario, cada año crece más a lo ancho que a lo alto. Completada la transición de la vida exterior a la interior, deja el árbol sobre unos periódicos junto a la puerta de atrás, aclimatándose, y sube al desván a por la decoración.

Heron piensa en la caja de adornos como en una cápsula temporal; todo está como lo dejó el año pasado, y el año anterior. Espumillón rojo y soldados cascanueces, bolas variadas, todos anticuados pero servibles. Heron cuelga la decoración con cuidado, con los adornos más pesados en el centro, y los tesoros más ligeros, hechos por Maggie, o, más recientemente, por Tom y Olivia, en las ramas de fuera. Preciados trozos de papel que de alguna forma han sobrevivido, petirrojos dorados de cartón con alas rojas de brillantina. Algo que parece un pavo real, pero debe de ser... ¿qué? ¿Un pájaro que pía, como en el villancico «The Twelve Days of Christmas»? ¿Un capón de Bresse, que también sale en la canción? Heron retrocede para admirar el árbol decorado. Le sentará bien tener algo reconfortante que mirar por las noches. Un poco de espíritu festivo.

Cuando ha terminado el árbol sale al garaje, encuentra las luces de exterior y se pone manos a la obra, pasándolas alrededor del laurel que hay junto al portón de la entrada. La mayoría de las casas de la calle llevan semanas decoradas. Una manada entera de renos de neón retoza en el césped delantero de la casa de enfrente. Un poco más abajo, una guirnalda de carámbanos de LED cuelga del techo de un garaje. Los vecinos de al lado tienen un muñeco de nieve hinchable en el umbral. Cada tarde, a las seis, el muñeco de nieve se enciende, se hincha y brilla. A Heron le gusta el muñeco, tiene una cara agradable. Maggie se había mostrado menos elogiosa. «Menuda sonrisa de viejo verde», había dicho, y algo de la factura de la luz. Una guirnalda de luces es una buena contribución, piensa Heron, una muestra de voluntad. Necesita la escalera de mano para llegar hasta arriba y distribuir las guirnaldas por todo el árbol. Desde la escalera ve a su vecino, David, que sale de la casa de la esquina para pasear a su perro, ridículamente pequeño. Heron, siempre amable, detiene sus quehaceres y baja de la escalera de mano para charlar. Hace un tiempo templado para ser diciembre, le dice David, de acuerdo con los registros oficiales, y Heron se muestra conforme, eso parece. David le pregunta a Heron si ha visto las noticias sobre el político ese, y Heron se lo confirma, sí, al parecer en los últimos tiempos todos hacen lo mismo.

—En fin —dice David, mirando las luces—, supongo que tú y yo ya hemos visto más navidades de las que veremos a partir de ahora. Hasta luego.

Y se marcha. Un tirón rápido de la correa, y las rígidas patitas del perro se vuelven un borrón mientras intenta seguirle el paso. Heron se despide de su vecino con un gesto —el muy desgraciado— y, en el mismo movimiento, convierte esa despedida en un alegre saludo en dirección a Maggie, que está aparcando en el camino de su casa.

—Justo a tiempo —dice él mientras Maggie cierra el coche con un clic del mando a distancia y los retrovisores se pliegan como una criatura de metal que se dispone a dormir.

Él recoge la escalera mientras Maggie va poniendo el hervidor. Maggie cuelga el abrigo en el porche y mira sin ver el correo de Heron en el vestíbulo de la entrada. La factura del agua. Un folleto de una agencia inmobiliaria. Lleva el hervidor hasta el grifo de la cocina, ve que Heron ha desenterrado más cajas del ático y hojea algunos papeles mientras el agua hierve. Un proyecto de la primaria sobre mamíferos, y la tarjetita blanca donde anotaban sus vacunas; rubeola: sí, sarampión: sí, paperas: sí. Desenrolla una foto escolar de todo el centro de 1991. Filas y filas de niñas, encogidas hasta el tamaño de jugadores de Subbuteo.

—Madre mía —dice en voz alta, a la cocina vacía—; esto se está multiplicando.

Amontona el desorden en pilas balanceantes, dejando espacio para las tazas. En realidad es irritante, no entrañable. Tanto desenterrar el pasado. Sabe que Heron piensa que solo es una cuestión práctica, pero resulta morbosa tanta limpieza frenética antes de que se le, se les, acabe el tiempo. No puede enfrentarse al caos, así que lo echa todo en una bolsa reutilizable para poder ordenarlo en casa; una caja menos.

Con el café ultiman los planes para el día de Navidad, cuándo llegará Heron a casa de Maggie, qué traerá. No bien se abotona de nuevo el abrigo, él está ya en el jardín, haciendo algo que Maggie no entiende con la pila de abono orgánico.

—Pues nada, me voy —dice Maggie desde la puerta de atrás, y Heron le hace un gesto de despedida con la paleta en la mano.

No sirve de nada decirle que hace frío y que debería estar descansando, no cavando. Maggie le devuelve el gesto.

De regreso a casa, Maggie toma el camino largo para aprovecharlo al máximo. El Ayuntamiento ha colocado las luces de Navidad, pero aún no las han encendido. Bastones de caramelo, calcetines, y lo que se supone que deben de ser bolas, pero parecen cebolletas, es innegable. Cuando llegue a casa pondrá la radio o un pódcast. Hará limpieza de la última bolsa de papeles. La mayoría de ellos irá al reciclaje, pero seguro que encuentra unas cuantas cosas que hacen reír a los niños, como un viejo pasaporte que haya inmortalizado su flequillo de adolescente, o su álbum de firmas de la revista *Smash Hits*.

NORMALIDAD

En casa, Maggie se sienta en la cocina y hojea las páginas del especial navideño de *Home Trends*. Pasa directamente al reportaje principal y piensa en las demás mujeres que leen la revista en su cocina en ese mismo momento. Otras mujeres, silenciosamente oprimidas por el concepto de la Navidad de la Familia Perfecta, que se pasan meses pensando en cómo poner la mesa de forma que resulte elegante, o aprendiendo caligrafía para escribir etiquetas de regalo a mano. Maggie juzga a esas mujeres, las considera superficiales. Y, sin embargo, aquí está, recortando una receta de crema de clementina como si no tuviera nada más importante que hacer en este planeta que esterilizar un tarro de mermelada.

Se da cuenta de que son cosas que pasan, de que los documentos se traspapelan. Se lo imagina. Sobres fácilmente deslizados dentro de carpetas. Carpetas almacenadas en cajas. Si lo piensa bien, es fácil de entender que esas tres páginas, con una sola grapa herrumbrosa, hayan encontrado su camino entre tanto papel olvidado. Esas pocas hojas de papel, como muchas otras. Como los deberes y los informes escolares. Las notas de agradecimiento y los certificados de ballet. Como todos los documentos con su nombre apilados en esa caja. Todos suyos, de una forma u otra.

Maggie lee la primera página de un vistazo, entera, como quien engulle comida, demasiado caliente y demasiado rápido. El pedazo de información nueva se le queda en la garganta. Le quema por dentro. Lo lee de nuevo, despacio. Es un documento extraño, severo y oficial. Un informe sobre ella, sobre todos ellos, pero la familia que aparece en ese informe no es la suya, no la reconoce. Le ha mentido. Siente cómo se asienta ese peso, macizo y desconocido. Le sigue mintiendo.

Esa noche, con el pelo recogido hacia atrás, lista para trabajar, Maggie envuelve regalos de Navidad y hace una lista final de los regalos que aún tiene que comprar. El diario concretísimo, con candado, que desea Olivia, en lila y no en rosa. Unas cosas genéricas para Tom, calcetines, a lo mejor un libro. Hay una versión de fantasía de una noche como esta, donde Maggie envuelve los regalos de los niños ante el fuego, con una película antigua, preferiblemente en blanco y negro, de fondo. Y algo para beber, caliente y especiado. En la práctica, pega trozos de cinta adhesiva al borde de la mesita de café para acelerar las cosas. Renuncia a la cinta y las etiquetas bonitas, y escribe los nombres de los niños en la esquina de cada regalo con rotulador indeleble. Ve un *reality show* australiano con panaderos, cuyos dramas de tres al cuarto la calman y le permite bloquear su nueva historia, la versión revisada de quién es y cómo es. Intenta decirse a sí misma que lo ha malinterpretado, que ha sacado conclusiones precipitadas. A lo mejor ha leído mal el informe desde el principio. O, se dice, a lo mejor es una reacción exagerada, demasiado intensa porque es lo que ocurre en Navidad. Se pone una sentimental. Se acuerda una de cosas.

Al final de su vida, la abuela de Maggie se convirtió de nuevo en una niña pequeña, envuelta en sus mantas favoritas, con un osito de peluche sujeto entre las manos para reconfortarla. Maggie se pasó los últimos quince días sentada junto a ella tras el colegio, acariciándole el pelo suave, levantando un vaso de refresco de naranja para que lo tomase con una pajita. La ausencia de su madre ya le había dado a Maggie cierto glamur, casi como si fuese la huérfana de un cuento, aunque no tanto. Cuando su abuela murió, se convirtió muy brevemente en la persona más famosa del colegio. Envuelta en el consuelo de los brazos de las niñas mayores. Olor a champú de coco. Amigas y chicas que apenas conocía se arremolinaban alrededor de ella con voces quedas y abrazos empalagosos, como si su pena fuese contagiosa, como si se transmitiese.

En la parte trasera de su lista de regalos de Navidad, Maggie escribe los nombres de todas las mujeres que ayudaron a Heron a criarla. Su abuela, sus profesoras, la madre de su amiga del colegio, que le explicó lo del periodo. Un equipo entero de niñeras adolescentes y varias mujeres bienintencionadas de una cierta edad. Todas habían ayudado a cuidar de ella de una forma u otra. Todas habían ayudado y lo más seguro es que todas lo supiesen.

ES POR LOS NIÑOS, EN REALIDAD

La mañana de Navidad Tom vaga por la casa, contento. Se come la moneda de chocolate para la que, según dice, es demasiado mayor. Se pone los calcetines nuevos. Está satisfecho con las ofrendas que se le han presentado. Unos auriculares, que, según su padre, recuerdan a un audífono. Unas deportivas, impresionantes tanto por el precio como por el número. Aun así, sus padres dicen, mira, está feliz. Todos estamos felices. Para Olivia es diferente, con sus zapatillas de reno y todas esas fruslerías nuevas de plástico que hay que montar para darles vida. Todo, dicen los adultos, es por ella, en realidad. Olivia va de una habitación a otra, con una alegría ya rayana en las lágrimas. Maggie mira la hora en el teléfono: no son ni las ocho de la mañana.

Aún tienen que pasar por los rituales del día, la actuación de la cena. Maggie se acaba el café y murmura su intención de ir a la cocina y empezar con el maldito asunto. Después de todo, la cuestión es ajustar el tiempo. Meter el pavo a tiempo, sacar el pavo a tiempo. Los trucos que ha adoptado a lo largo de los años, envolver el ave en papel de aluminio antes, y sus famosas verduras, que, como siempre, preparará con castañas y panceta. Las encimeras de la cocina están abarrotadas de tonterías navideñas, jarras de grasa de oca y demás adornos anuales. Está agradecida por la distracción que suponen, por ser una excusa para dejar todo lo demás a un lado.

A media mañana la casa está llena de invitados. Uno de los hermanos de Conor, su mujer, su hijo. Los padres de Conor, que toman posición en el sofá pequeño y vigilan a sus nietos como si el día, la vida entera, fuese obra suya. Heron llega con los pudines, su contribución. Mientras cocina, Maggie presta oídos a las charlas y las risas, y siempre hay alguien que necesita saber dónde está el minúsculo destornillador Phillips. El paquete nuevo de pilas, que se ha vuelto a caer por un lado del sofá. Todo es irreconocible en comparación con las navidades de su infancia. Era lógico que fuera distinto: un hombre y una niña pequeña, haciendo lo que podían. Las mejillas tensas de tanto sonreír para tranquilizarlo, para que él creyera que ella era feliz. Era la televisión la que salía al rescate. Cada año Maggie usaba un rotulador fosforescente para subrayar las películas importantes y los especiales de Navidad en la guía de televisión *Radio Times*. Cosas pequeñas que ayudaban a pasar el rato y ellos pasaban de una a otra, *Mary Poppins*, el programa de la cómica Victoria Wood, la serie *Only Fools and Horses*. Caras conocidas que le hacían compañía en los largos días antes de que el colegio empezase de nuevo. A veces, sobre todo los primeros años, alguien solía invitarlos a la cena de Navidad. Donde se reunían los desamparados y descarriados, otras familias como las suyas que la muerte o el divorcio habían roto en pedazos. Maggie odiaba esas navidades; no eran en absoluto una distracción, sino un énfasis. Juntar a la gente colgada dejaba aún más claro quién faltaba.

Conor sabe qué hacer el día de Navidad. Se cuela en la cocina para lavar la sartén que sobra. Sirve los cócteles Buck's Fizz, como un tramoyista que facilita el acto principal. Cuando se le pide, Conor corta el plástico del envase de los juguetes y lee los minúsculos folletos de los nuevos aparatos en cuanto encuentra las instrucciones en inglés. Saca la basura de reciclaje antes de que las montañas de papel de envolver se les vayan de las manos. Conor sabe que, para Maggie, el día de Navidad no tiene que ver con el ahora, sino siempre con el entonces.

Maggie remueve las patatas en la grasa caliente, pincha el pavo y, en contra de su voluntad, de forma espontánea, rememora todas las cosas. Los recuerdos atraídos por un olor o el color de la sudadera de alguien. Sin venir a cuento, un recuerdo del cachorro que Heron le compró por Navidad cuando tenía nueve años. ¿O quizá diez? ¿Sí? No era exactamente un regalo, sino una especie de compensación implícita por la falta de hermanos.

—Un poco de compañía —había dicho él.

Maggie recuerda perfectamente los meses de preparación y expectación. Todo elegido con cuidado: el collar y la correa, el cuenco del que comería. Recuerda las listas de posibles nombres escritas con su pulcra letra cursiva, sopesando las posibilidades de Bouncer, Goldie, Honey, Kylie. El día que el cachorro llegó fue, está segura, el más feliz de su vida. El caos del animal, que hacía pis y mascaba. Su calorcito, como un juguete que hubiese cobrado vida.

El cachorro vivió una semana.

—Puede ocurrir —les dijo el veterinario—; lo más seguro es que tuviese el corazón débil.

Después, Heron y Maggie caminaron hasta casa, con sus corazones débiles a cuestas. Nadie pensó en sustituir al perro, así que siguieron adelante, como antes, sin ella.

Fue una conmoción ver el nombre de su madre mecanografiado junto al suyo. Maggie se da cuenta de que solo lo ha visto escrito en documentos oficiales, en su partida de nacimiento, y ahora ahí. Es extraño, inquietante incluso, tener la prueba escrita entre sus manos de que Dawn Jacqueline Barnes (de soltera Brown) existió de verdad. Su madre no está en los álbumes de fotos familiares. No está en el archivo de la vida de Heron, por ningún sitio, según Maggie ha visto. En lo referente a su madre, lo más probable es que no pueda fiarse siquiera de sus propios recuerdos, lo sabe; se mezclan con historias de libros y una vida de encuentros con las madres de otros. Pensamientos y anhelos en lugar de recuerdos reales. Le gustaría tener más detalles concretos que recordar. Si de veras fuese sincera, le gustaría saber si tienen algo en común. Si hay algo en la forma de recogerse el pelo tras la oreja cuando se concentra. Si ambas tienen la sensación de estar en casa cuando entran en una biblioteca. Su madre era baja, según cree. ¿Es cierto eso? Porque ella era demasiado pequeña para recordar algo de veras, ¿no? Maggie está casi segura de que era una mujer a la que siempre se le pasaban un poco los espaguetis.

Al principio debió de preguntar por ella. Dónde estaba. Cuándo volvería. Maggie piensa en sus propios hijos a esa edad, en que no podía ni ir al baño sin que la siguiesen. En que la recibían como a un rehén liberado si iba aunque solo fuese a cenar con una amiga. Debió de preguntar una y otra y otra vez dónde había ido su madre. Y después, supone, dejó de preguntar. Recuerda que la cuestión burbujeaba bajo la superficie de nuevo cuando tenía unos catorce. Que le soltó todas sus preguntas sin responder a la pobre Elaine. Elaine, divorciada dos veces con niños mayores y la única novia de verdad que Maggie le recuerda a Heron. La respuesta de Maggie a la presencia de una nueva mujer en la casa había sido de manual: salía de golpe de las habitaciones, daba portazos, soltaba algún insulto esporádico al salir. Poco imaginativa, pero eficaz. Ya no recuerda, o a lo mejor no supo nunca con exactitud, por qué acabó la cosa, pero una adolescente furiosa no debió de ayudar mucho.

Cuando a los quince amenazó despreocupada con irse de casa en busca de su verdadera madre, Heron se quedó devastado, así que dejó de decirlo. En lugar de eso, pasó por la fase de imaginársela, de inventársela. Maggie se inventó una buena madre, ocurrente, llena de sabios consejos. Entonces no conseguía ver lo que ahora resultaba obvio: la soledad de

Heron era culpa de Maggie. Es extraño pensar en eso, ver cómo encajan las piezas. Debió de ser una carga para su padre, que a los veintitantos se quedó literalmente con el bebé en brazos.

Cuando sirven la cena de Navidad, todo el mundo desempeña su papel. Comen pavo y abren sus galletas, y cuando alguien le da un codazo a una copa de syrah que empapa el mantel a nadie le importa, porque todo son sillas desparejadas, pasarse las patatas asadas y preguntar quién quiere lo que queda de salsa. Cuando llegan al pudín, que flambean con una llamita azul, Olivia les hace cantar a todos el cumpleaños feliz para el niño Jesús, y los adultos no saben si reírse o echarle una reprimenda.

La cocina vuelve a su estado normal después de que los invitados hagan turnos en el fregadero, y Maggie se sienta por fin copa en mano a abrir sus regalos. Regalos que, bien lo sabe, se compraron a toda prisa el fin de semana anterior, cuando Conor llevó por fin a los niños al centro y pagó lo que eligieron. De Tom, aceite de baño de lavanda, que Maggie agradece, aunque sea un olor para ancianas o bebés. Tom aguanta un abrazo de gratitud mientras ella hace aspavientos.

—¡Qué lujo! —dice—. Lo usaré esta misma noche.

Y su hijo, encantado consigo mismo, con el esfuerzo de un minuto que supuso escogerlo del estante. Y luego Olivia, a su lado, resplandeciente. Ha envuelto tan bien su regalo que está virtualmente plastificado con cinta adhesiva, pero Maggie se las apaña para rasgar una esquina y abrirlo. Dentro del paquete encuentra una pequeña cajita de plástico con la forma de la cabeza de Hello Kitty. Y dentro, un sacapuntas y una goma a juego, un set de rotuladores con brillantina y una libretita minúscula.

—Es para la oficina. Te lo puedes llevar al trabajo —dice su hija, y Maggie le da las gracias y le dice que es exactamente lo que necesita.

Ya entrada la tarde, la gente da vueltas por la casa buscando qué hacer a continuación. Empieza la inevitable partida de Monopoly, que algunos jugadores desean de verdad y otros no tanto. Alguien sugiere un paseo, como debe ser, para despejarse.La idea pone a todo el mundo a buscar zapatos y abrigos. Maggie le corta la etiqueta a su nueva bufanda, regalo de Conor, y se la enrolla alrededor del cuello. Un mohair color verde musgo, que no es un color que ella hubiese elegido para sí, pero le gusta, le recuerda algo. En el abarrotado vestíbulo hace calor a medida que los caminantes se reúnen, subiendo cremalleras y abrochando botones, el bebé embutido en su buzo de borreguito. Ha oscurecido y Conor planea una ruta por las calles más bonitas, para presumir de las casas grandes, de sus guirnaldas de luces blancas, de sus árboles de verdad que sueltan un resplandor dorado por las ventanas en saledizo, como si fuesen accesorios de su propia vida.

Y Maggie se lo guarda a lo largo de todo el día. Coloca los platos sin arrojarlos a la pared. Trincha, sirve, corta en rodajas sin blandir ningún cubierto con determinación. Se lo guarda para sí. Debería haber habido gritos, piensa. En otras familias habría lágrimas y voces y vecinos preguntándose si deberían intervenir o llamar a alguien.

Cuando anochece no hay dónde esconderse. Toda la familia se sienta junta, admirando el éxito del día. Maggie mira a su padre, con su pequeño plato del bufé navideño y una minúscula copa de jerez en la mano que lo hace parecer un gigante. A sus pies está Olivia, desenvolviendo y envolviendo con cuidado un estuche lleno de esmaltes de uñas en forma de corazón. Maggie sabe que podría ponerse en pie y decirlo, interrumpir la discusión sobre si deberían encender o no el fuego, solo por el ambiente. Podría soltar un alarido, estoy triste más allá de la tristeza normal. Una parte esencial de mí misma se ha desmoronado. Todo esto, este día, esta felicidad, es todo falso. Pero no dice nada de eso. Lo conoce. Eras solo una niña, te estaba protegiendo, diría él. Lo hice lo mejor que pude. Maggie se come tres tipos de queso y no dice ninguna de las palabras que haría añicos las navidades. No consigue obligarse a estropearlo. Maggie no se ha enfrentado a Heron porque no se imagina por dónde empezar ni cómo terminar. Las cosas imposibles que necesitaría decir. Está enfermo, piensa, se está apagando.

Heron, cansado, lleno, ve que su hija lo mira y lee en sus ojos una mirada de lástima. Esa es mi hija observándome en Navidad, piensa. Mirándome como intentando almacenarme. Convirtiéndome en recuerdo, por si es la última. Había sentido algo parecido antes, cuando Conor había pasado el teléfono por la mesa, grabándolos a todos con sus sonrisas y sus sombreros de papel. Al reproducir después el vídeo, Heron se vio, una figura en el fondo, con una expresión en la cara indudablemente errónea. El cuerpo demasiado rígido, inmóvil, mientras la gente sonreía a su alrededor y estiraba los brazos para saludar a la cámara. Se habla de jugar, quizás a las charadas, o al de los dibujos. Heron se rinde, dice que él subirá a acostarse. Nadie está en condiciones de conducir diez minutos a su casa. Podría ir caminando, pero Maggie insiste. Mejor que se quede.

En el extremo de la cama de invitados Maggie ha colocado una toalla doblada, algunas miniaturas de baño mangadas de un hotel. Todos detalles considerados que le recuerdan a Heron que no está en casa. La habitación es como un decorado de los de las revistas de Maggie. Las paredes son del tono perfecto de blanco. Iluminación suave. Ropa de cama buena. Es el primer momento de quietud que recuerda desde que ha llegado esa mañana. Heron abre el paquete del pijama nuevo, una variación de los pijamas que ha recibido por Navidad cada año desde que tiene memoria. Al levantar la toalla, ve el sobre marrón y dentro, tres hojas de papel sujetas por una grapa oxidada.

155

Las copas buenas siguen en la mesa; Conor enjuaga dos bajo el grifo del agua fría y le sirve a Maggie una generosa copa de tinto. Está sentada en el extremo del sofá, sobre sus pies, con las manos pesadas después de todo el trabajo del día. La alivia que su padre se haya ido a la cama. Ahora encontrará el informe de los Servicios Sociales para el juicio, lo leerá, y pensará en qué decirle y cuándo. Puede acomodarse a esa nueva información sobre sí misma. Puede esperar. Conor se sienta en la silla más cercana al fuego, trasteando con una de las muñecas nuevas de Olivia, a la que ya le falta una extremidad. Observa a su esposo, el cuidado y la concentración con la que lucha por meter el brazo de plástico en el hueco del hombro de plástico. Le da un sorbo a su vino, inspira profundamente y le dice a Conor lo que ha descubierto. Lo que piensa hacer y no hacer a continuación. Conor escucha. Asiente. No está seguro de qué decirle, admite. Todo eso es más grande, más extraño, de lo que él pensaba que sería. Cuando el brazo de la muñeca está arreglado, va a la cocina y abre la puerta de atrás para dejar salir los efluvios de grasa de oca y de pena al cielo nocturno.

DICIEMBRE DE 1982

RECTA E IMPARCIAL JUSTICIA

El tribunal es moderno, todo de madera clara pulida, como si hubiesen dejado que los armarios empotrados creciesen sin control. Dawn mira a Heron y no lo reconoce. Parece de risa que hayan acabado allí. Imposible que se enfrenten en el juzgado, que se humillen uno a otro de esa forma delante de desconocidos. Dawn se molesta al ver que Heron lleva su traje de C&A, el segundo mejor que tiene.

Tanto protocolo, tanto levantarse y sentarse, sería aburrido si no fuese por el miedo que se le acumula en la parte trasera de la garganta y la hace sentir demasiado llena, demasiado líquida. Como si fuese a echarse a reír, como si fuese a vomitar. Para empezar, hay que establecer los detalles, una lista de fechas y hechos alineados para la inspección. Habrá informes de gente cualificada, de gente que sabe de qué están hablando. Así son los procedimientos del tribunal. Los abogados pondrán el decorado y luego se pondrán manos a la obra. Esos mismos abogados le pedirán a ella que se defienda o se desmienta. La gente espera una explicación.

Cuando leen en voz alta sus nombres, Dawn se da cuenta de que no ha oído que lo llamen Henry desde el día de su boda. Se sienta en silencio, como le han dicho que haga. Aclararán lo irrazonable de su comportamiento en su lugar. Su incapacidad. Se siente demasiado joven para poder afrontar todo esto. Se siente demasiado mayor.

El letrado de Heron es un hombre a quien le gusta presentarse con una bromita. De costumbre dice: «James Paul. Ya, dos nombres de pila, ¿se dan cuenta del jaleo?». A veces, si se presenta la ocasión, dice: «Me llamo Paul, James Paul». Esa mañana había saludado a Heron con un apretón de manos de universidad elitista y se había limitado a decir: «James Paul, hemos hablado por teléfono. Arreglemos este asunto, señor Barnes, ¿qué le parece?».

Cuando el señor James Paul se pone en pie para hablar, Dawn se da cuenta de que recordará los zapatos de ese hombre para el resto de su vida, sus delicados mocasines de esos con un leve pliegue alrededor de la punta y una barrita dorada en la parte superior. Pase lo que pase, piensa, me perseguirá la imagen de este hombre y sus zapatos finos.

Primero llaman al asistente social, con una chaqueta de pata de gallo caída sobre los hombros. Según su punto de vista, dice, y luego se corrige, su opinión profesional es que están hablando de una niña en situación de riesgo. Dawn suelta un ruido al oír esas palabras, una exclamación de profunda sorpresa que se le escapa en contra de su voluntad. El tribunal la ignora con cortesía y el abogado exige una aclaración.

—¿Quiere decir que cree que la señora Barnes le hará daño a su propia hija?

—A lo mejor no en el plano físico —dice el asistente social—, pero sí en el plano moral. Esto es una cuestión moral.

Heron nunca ha estado en un tribunal. Resulta que no es como los de la tele. Echa un vistazo a los funcionarios, a sus cuotas legales y sus latinajos, y ve que la vida que ha llevado no lo ha preparado para un día así. Heron apoya los brazos en la mesa y ve que allí se esperan cosas de él. Una especie de confianza profunda. Superioridad moral. Nunca se ha considerado un hombre atrevido, y mucho menos rencoroso. Solo le gustan las reglas, ya está. Cuando estaba en el colegio, los demás chicos se reían de él por ser el único que no había pisado nunca el despacho del director. Heron era un buen chico, y ahora es un buen hombre. Lo cree. No conduce demasiado rápido. Por regla general, no habla mal, al menos no suelta tacos fuertes, y por supuesto nunca delante de las mujeres. Pero ese día se da cuenta de adónde lo ha conducido su bondad.

A doblegarse frente a hombres que saben qué tenedor usar. A depender del consejo de hombres que llevan gemelos. Los abogados le han mostrado pruebas, la vergüenza de todo ello le arruinaría la vida a Maggie. Tener a una de esas de madre la volvería igual, había dicho el abogado. Le han explicado que eso es lo mejor que se puede hacer, que es lo único que puede hacer. Separarlas. Empezar de nuevo, los dos solos. Heron mira a toda esa gente que trabaja para solucionar sus problemas y confía en que sepan qué hacer. Siente que ahora ya no puede parar el caso, y que no está en su mano saber qué quedará de ellos después.

Cuando el tribunal suspende la sesión para almorzar, Heron se compra un rollo de huevo de la panadería que hay enfrente y se calienta las manos con una taza de té de poliestireno. Hace demasiado frío para sentarse fuera, pero Heron no está seguro de adónde tiene que ir o de qué se le permite hacer. Los miembros del equipo legal se hallan unos pasos más atrás e intentan darle alcance mientras se echan el aliento en las manos y dan zapatazos para calentarse. El letrado, que fuma todo lo posible en el tiempo del que dispone. El abogado, cuyo abrigo de paño se arrastra tras él, dice:

—Tenemos… —Y luego suaviza—: Deberíamos pensar en subir un poco el tono esta tarde, ¿no crees?

Heron siente que el frío del banco de cemento traspasa su impermeable barato, los pantalones del traje. Un frío que también es una humedad que se le pega a la parte trasera de las rodillas. Entonces lo asalta un pensamiento, una idea que no sabe de dónde viene. Que si tuviese la oportunidad de quedarse allí sentado el tiempo suficiente, el frío podría fluir por su interior y congelarlo hasta transformarlo en hielo claro sin pensamiento.

Mastica despacio, el rollo tiene tomate, que empapa el pan. En condiciones normales sacaría el tomate y lo envolvería en el papel de horneado, pero no quiere que el abogado piense que es quisquilloso e infantil.

—Si seguimos como hasta ahora, con la misma suavidad —interviene el letrado—, el tribunal propondrá un acuerdo. Custodia compartida, fines de semana alternos y vacaciones escolares para papá, por ejemplo. Y eso es, esencialmente, una victoria para ella.

Ya han tenido esa conversación; Heron ha pagado una elevada tarifa por hora para oír su estrategia de victoria desmenuzada en los términos más claros posibles desde el otro lado del escritorio del abogado. Pero es allí, en ese banco, con la gelidez del cemento abriéndose paso entre sus huesos, cuando Heron tiene una última oportunidad para cambiar el curso de los acontecimientos. Debería moverse. Ponerse en pie. Debería decir algo, pararles un poco los pies al menos. Porque en ese momento se siente como con ganas de decir: Sí, propongamos eso. ¿No parece una manera sensata de manejar la cuestión? La gente se divorcia sin parar. La niña quiere a su madre. ¿No podría ser él un padre que se lleva a su hija a la bolera el fin de semana? Podría aprender a que le gustasen las hamburguesas. Y, por otro lado, no soporta el pensamiento, esos años por delante, las disputas en el umbral sobre quién pasará solo las navidades. No puede enfrentarse a una vida en la que Dawn lo mire como lo mira ahora. Como si fuese él quien ha cambiado, quien fuese irreconocible. Y en realidad está lo otro, el verdadero problema que no encuentra otra manera de solucionar. ¿Cómo puede hacerle eso a su hija? Todos han sido perfectamente claros con él, el asistente social, los abogados. Es su deber protegerla, eso le han dicho, salvarla de la extrañeza de esa vida y de lo que podría provocar en ella. Está en manos de Heron mantenerla a salvo de los matones del cole. Y de cosas peores. Del riesgo que implica. Heron asiente con la cabeza, permanece petrificado en el banco, y dice que sí.

—De acuerdo, vale. Hagan lo que tengan que hacer.

NO LAS RESPUESTAS, SINO LAS PREGUNTAS

Hay un truquito que ha aprendido con los años y que ayuda. Mientras la interroga, el letrado de Heron no aparta la mirada del pendiente izquierdo de Dawn, un bonito nudo de oro. No mirar a los ojos a la persona que está interrogando le ayuda. De esa forma no se distrae, no lo distrae la turbación o lo que sea que refleje su rostro.

James Paul abre la carpeta sobre su escritorio y saca la lista de preguntas que sabe que llamarán la atención del juez.

—Señora Barnes —comienza—, ¿podría por favor explicarnos una cuestión práctica?

Dawn asiente.

—Cuando usted y su amante hacen el... —Y hace una pausa en la que dibuja letras con el dedo doblado en el aire para escribir «amor»—. ¿Qué aparatos utilizan?

Dawn se sonroja ante la pregunta y no la entiende.

—¿Aparatos?

Él prosigue.

—¿Mantiene usted relaciones delante de su hija, señora Barnes? ¿Hace ruidos cuando se acuesta con esa mujer? ¿La ha oído la niña?

Cuando Dawn se mira el regazo con las manos entrelazadas y contesta: «¿A qué se refiere?» o «Por supuesto que no», el señor James Paul se limita a lanzar otra pregunta, y otra más.

—Entonces besarse o darse la mano. ¿Ha visto esa niña a su madre besando a otra mujer en los labios?

—Debe contestar usted, señora Barnes —dice el juez—. Debe contestar.

Tras la primera tanda de preguntas, Dawn hace un esfuerzo por mantener la cabeza alta. Seguro que ya ha pasado lo peor. Esa noche intentará explicárselo a Hazel, describírselo todo. Ha sido como una pesadilla, dirá, en la que tienes que hacer un examen dificilísimo, pero solo tienes una cuerda en lugar de un boli. Así es. Injusto. Surrealista. Se produce una breve pausa mientras el letrado de Heron recoge algunos papeles y Dawn piensa que ahora le tocará a ella, que será su oportunidad de explicarse.

Ver las cartas de Hazel allí, en esas manos, es tan extraño que resulta imposible de asimilar. De todo lo que ya ha ocurrido en el juzgado eso es lo que realmente le golpea en el pecho, lo que le deja sin aliento. ¿Cómo las ha encontrado? Si Heron, que ella sepa, no ha abierto nunca el armario de secar la ropa. Siempre le había parecido que los resquicios y rincones domésticos de su hogar eran invisibles para él. ¿Puso la casa patas arriba una vez que ella se había ido, buscando pruebas de su depravación? No se lo imagina. Entonces sus ojos se encuentran y ve que están compartiendo el mismo pensamiento. Por supuesto. Heron no, pero sí su madre, al abrir el armario para colocar las sábanas recién lavadas de Dawn. Estirando el brazo para sacar una toalla calentita para el baño de Maggie.

—Eso es privado —dice Dawn, pero ya nada es privado.

El juez está de acuerdo en que se lean en voz alta para que el tribunal pueda tenerlas en cuenta. En que se lean y las copie el tap tap tap de la taquígrafa.

Sus cartas.

Dawn siempre le había escrito a Hazel en las páginas color crema de su juego de correspondencia Basildon Bond, el que guardaba para las ocasiones especiales. Las respuestas de Hazel llegaban en papel de cebolla con la etiqueta de correo aéreo y sus sobres *Par Avion*, una broma privada que Dawn apenas recuerda ahora. Cartas que ha sujetado contra su pecho como una adolescente, aprendiéndose de memoria cada palabra. Apodos y versos de poesías. Letras de canciones de las que se habían apropiado. Nunca las franqueaban, por supuesto, se las entregaban en mano. A veces Dawn, antes de marcharse, dejaba una carta para que Hazel la encontrase. Metía el sobre tras una botella de leche en el frigorífico o debajo de la almohada, para que la encontrase antes de acostarse.

El letrado enarbola un puñado de páginas azul claro por encima de su cabeza y, desde donde está sentada, Dawn ve los rabitos de la letra de Hazel. Las «y» que se desploman desde la línea anterior. No puede negar que son reales.

—«Tenemos que marcharnos, aunque sea un día». —Su voz condensa las palabras de Hazel—. «Nos daremos la mano y haremos un pícnic a mediodía en la playa. ¿O compraremos patatas? ¿Ibas a Cromer cuando eras pequeña?».

El letrado lee sus sueños en voz alta, las cenas en restaurantes que les gustarían, manteles blancos y velas. Habitaciones de hotel en ciudades lejanas. Una casita para ellas, con sus cosas colocadas en estantes. Es una cosa como de novela antigua, piensa Dawn. Romántica e indefensa. La escasa ambición de sus pequeñas fantasías. Todos los clichés que han atesorado de las películas de Hollywood y de sus amores de adolescencia.

—¿Está usted planeando abandonar a su hija, señora Barnes?

Allí está la prueba, dice él, escrita con bolígrafo, una casa junto al mar.

—No es un plan —insiste Dawn—, es solo un juego. O una broma.

—¿Cree usted que abandonar a su esposo y a su hija es una broma?

—No —responde—, por supuesto que no. Lo que quiero decir es que está usted malinterpretando las cartas y lo que dicen.

—¿De veras? —Su voz lenta y cuidadosa, una cinta de casete a punto de salirse y de embrollarse—. ¿De veras, señora Barnes? Pues a mí me parece que está todo muy claro.

Hay poquísima lujuria en las cartas; no son tontas. ¿Es de eso de lo que la están acusando, se pregunta Dawn, del sueño de cambiar un fregadero por otro? Aun así, él lo encuentra suficiente, algo que de todos modos le sirve. El abogado levanta las cejas, escruta la sala y las palabras de Hazel se oxidan a medida que él lee.

—«Justo antes de dormir, beso la parte interna de mi muñeca izquierda, en el lugar escondido bajo el reloj, justo donde tú siempre me besas. Seguro que debe de haber algún rastro de tus labios que permanece allí. ¿Me pagarás en depósito cuando te vea el miércoles? Necesito que me dejes cien besos en la muñeca para poder almacenarlos y tenerlos cuando no estamos juntas».

La comprensión de Dawn crece en capas, como un sedimento que se acumula, comprimiéndola contra el núcleo profundo de la tierra. No hay forma de salir de esto con palabras; están tomando las cartas por hechos, por intenciones firmes. Nadie de allí puede entender que era solo una válvula de seguridad, palabras escritas como una forma de hablarse cuando no podían encontrarse o llamarse. El quid de la cuestión es que las cartas no eran nunca reales. Unas cuantas líneas en las que podían escribir una vida libre de obstáculos y consecuencias. Se imaginaban que otro mundo era posible. No quería decir que creían que lo fuese.

Dawn está furiosa consigo misma por dejar que eso ocurra; habría sido tan fácil quemar las cartas de Hazel, o haberlas hecho trizas. Podría haberlas mojado y triturado en el fregadero de la cocina. Al menos, podría haberles dificultado esa parte. Entiende que el objetivo último es humillarla. Pero también hay algo más, la curiosidad del letrado, el apetito del juez por los detalles. Tienen miedo de ella, de algún poder que ella no tiene ni idea de cómo enarbolar.

Dawn no puede decir ni hacer nada, ni llorar por algo, para hacerlos cambiar de opinión. Le había parecido tan obvio cuando se marchó de casa esa mañana. Quería a su hija, eso era lo principal. La gente sería razonable. Sería justa. Ahora el abogado está leyendo sus cartas íntimas y Dawn está ahí sentada pensando en todas las formas en que habría podido, habría debido, hacer desaparecer esas palabras. Lejía. Fuego. Tijeras.

Llaman a más expertos que le explican a Dawn la diferencia entre el bien y el mal. El psiquiatra, que no aparece en persona, sino que manda su peritaje mecanografiado para que lo lean en voz alta ante el juez. Ese hombre invisible ha aprendido, a lo largo de una vida de estudiar a los hijos de las prostitutas, que el daño es inevitable en un caso así. Drogas. Delitos. Lo normal. El abogado de Dawn tose y le ruega a su señoría que lo disculpe, pero se pregunta si esa prueba es adecuada.

—Se trata de una situación algo distinta, ¿no cree usted?

Pero su señoría no cree nada y deniega la protesta como si le molestase que interrumpiesen su concentración. En su opinión, ese desvío de la naturaleza se parece mucho al que les ocupa. Se admite. Así que se lee el informe, y la voz firme de James Paul le explica al juzgado lo que ocurre con los niños cuyas madres son unas pervertidas.

A unos tres kilómetros de la sede de los Juzgados del Condado, Maggie le coge la mano a su abuela. Señala el bollo glaseado del escaparate de la pastelería, el especial con glaseado rojo y blanco. A Maggie le compran muchos pasteles últimamente. Y muchos juguetes también, a pesar de que aún no son las navidades. Una tortuguita de plástico que nada en el baño. Una moto azul con cintas en los puños del manillar. Ahora, cuando pide una piruleta, casi siempre la consigue. Maggie está aprendiendo cosas nuevas sobre lo que se puede y no se puede pedir. Se sienta con su abuela a la mesa, junto a la ventana, y se come el bollo entero; luego se lame los dedos pegajosos uno a uno. Pregunta si puede comerse otro. Y luego pregunta, de nuevo, cuándo volverá a casa su mamá.

Dawn piensa mucho en su cara, en lo que podría estar diciendo su cuerpo. Se esfuerza por no cruzar los brazos. Se esfuerza por no fruncir el ceño. Se esfuerza por no sonreír. No sabe qué combinación de brazos, ojos y boca impedirá que parezca avergonzada. Pero tampoco puede dar una impresión de desvergüenza, de indiferencia ante lo que ocurre. Cuando coloca las manos en la mesa, apretándola para que no tiemblen, tiene que contenerse para no dar unos golpes en el estrado y exigir el derecho a enumerar el número infinito de cosas que solo ella sabe de su niñita. Quiere decirles que conoce el olor de la piel de su hija, la curva exacta de sus uñas. A Dawn le entran ganas de explicarle al tribunal que a Maggie solo le gustan las tostadas cortadas en cuatro triángulos pequeños a los que llama orejas de gato. Que su hija tiene guardado un billete de una libra y unas cuantas monedas de cobre en un estuche metálico debajo de la cama porque está ahorrando para comprarse una casa de muñecas con luz eléctrica de verdad. Dawn quiere contarles a esos hombres que ha querido a esa niña desde que ella misma era una niña, como si sus propios sueños de la infancia hubiesen conjurado su existencia. No entiende por qué no le preguntan nada de eso.

En lugar de eso, le preguntan por el sexo. Cuándo, cómo, quién hace qué. Los abogados y el juez, al parecer para nada avergonzados, sino que, bien al contrario, tratan ese asunto como si fuese una prueba esencial. La incomodidad de Dawn es, después de todo, una herida autoinfligida. Cuando James Paul le pregunta cuántas veces ha hecho el amor con Hazel le tienta reírse ante la pregunta, como si llevase un cuaderno con la cuenta y calificase del uno al diez los esfuerzos. Dawn comprende que cualquier número servirá a los propósitos del abogado. Las veces suficientes para haber sido transformada sin vuelta atrás, las veces suficientes para que parezca que esa era su única ocupación y obsesión. Esa era la imagen que el abogado daba ahora: Dawn, presa de un deseo egoísta demasiado grande para ser contenido. Una madre de verdad no se habría arriesgado. Una madre de verdad no lo habría querido. Dawn ha sido privada de todo lo que importa en el mundo.

Esa noche, Dawn insiste en que no tiene hambre, pero Hazel dice que tiene que hacer un esfuerzo, aunque sea algo pequeñito, para mantenerse fuerte. Hazel busca en la cocina algo que le resulte tentador y encuentra la postal detrás del hervidor. «Amor es… vivir con esperanza», pone en la parte delantera, y por debajo, el dibujo de un niñito en una isla desierta y una botella con mensaje flotando hacia él. Hazel también había comprado una para Dawn, «Amor es… la llamada del destino», donde se veía al niño dibujado con un ramo de flores a la espalda y a la niña esperando con timidez tras la puerta mientras él llama al timbre. Más gestos hechos de papel. Todos sus esfuerzos por explicarse algo la una a la otra. En la tienda donde habían comprado las tarjetas, la mujer les había sonreído cuando colocaron las tarjetas una junto a otra en el mostrador. Les guiñó un ojo.

–Menuda suerte tienen vuestros novios –dijo, y ellas casi se mueren de la risa mientras intentan pagar.

Hazel coloca una taza de té en la bandeja y el último pastel de fruta, algo dulce contra la conmoción del día. La vergüenza de las cartas leídas en voz alta. Las preguntas que Dawn oirá en su cabeza durante el resto de su vida. Pone la taza en la mano de Dawn, se sienta junto a ella y miente.

–Al final se solucionará todo –dice Hazel.

Solo hacía un mes que habían comprado las postales. En una época anterior, cuando todo aquello tenía gracia. Sería más fácil explicar las cosas en una nota, piensa Hazel, mientras observa a Dawn dándole un sorbo al té. La salida cobarde, pero la más fácil. Podría escribirlo todo con cuidado, sus motivos, sus esperanzas de que aquello lo resolviese todo, y luego podría apoyar el sobre contra el hervidor, para que Dawn lo encontrase por la mañana. En una carta habría espacio para que Hazel explicase que, quizás, al final, el amor es obligarse a marchar.

ENERO DE 2023

LOS ANTICUERPOS DEFIENDEN Y LUCHAN

Maggie le da la vuelta a la almohada para ponerla por el lado fresco y se cubre con el edredón hasta la barbilla. Lo ha llevado lo mejor que ha podido, con sus pastillas efervescentes de vitamina C y sus baños de vapor. A lo largo de la última hora, más o menos, ha empezado a sopesar la idea de que su resfriado sea en realidad una gripe.

Desde su escondrijo en la cama escucha a su familia, maravillada ante la cantidad de tiempo que tardan en ejecutar la simple tarea de irse de casa. Las pisadas de Olivia, que resuenan en las baldosas del vestíbulo mientras corre de un sitio a otro en busca de algún talismán pequeño pero esencial, una horquilla o un bálsamo labial que llevar en el bolsillo. Tom, que farfulla, ya impaciente. Si lo van a arrastrar a la calle quiere ponerse ya en marcha. Se sube la cremallera del abrigo nuevo, diseñado para proteger a su portador de un invierno canadiense. «Entonces supongo que conseguirás sobrevivir a un enero templado en Kent, ¿no?», dice Conor, y Tom eleva los ojos al cielo mientras entierra las manos en los bolsillos forrados de borreguito. Cuando por fin se cierra la puerta tras ellos, un silencio llena la casa, un aire diferente fluye escaleras arriba y entra en todas las habitaciones. Ahora Maggie puede oírse a sí misma, el ruido del edredón al darse la vuelta. Fuera, el vecino le da la vuelta al coche en el camino de acceso. Cierra los ojos y deja que el sábado por la mañana se extienda ante ella, enumerando todas las compensaciones de estar medianamente enferma. Los demás deberían estar fuera hasta el mediodía: eso le da al menos tres horas de vida sin testigos. Considera la idea de mudarse de la cama al sofá. Podría ver alguna basura en televisión. También podría, apenas se atreve a imaginarlo, leer un libro. En rigor, no hay nada que la detenga de coger uno de los muchos libros sin leer que tiene apilados con la esperanza de un día así. Al final, Maggie elige la opción más subversiva de todas: se queda en la cama. Deja que el mundo y sus responsabilidades prosigan tras las cortinas de su dormitorio.

Más tarde, cuando Conor entra en el dormitorio, con una taza en una mano y un plato pequeño de cosas tentadoras para comer en la otra, Maggie finge seguir dormida. Él coloca el plato sobre la mesita de noche (almendras, una manzana verde, lo que queda del queso de oveja de Navidad cortado en cubitos) y espera a que ella admita que está despierta.

—El paseo ha estado bien —le dice—. Cuando refunfuñaron demasiado, los llevé a la cafetería esa nueva y los dejé pedir un chocolate caliente que, por cierto, resultó ser un tarro de mermelada de diez pavos lleno de azúcar líquido con malvaviscos por encima.

Conor deja de hablar y le pasa la mano por la cara. Es una caricia sorprendente, de esas que ya no tienen tiempo de hacerse. Una caricia de una vida en la que los sábados por la mañana aún existían. En los que ella podía quedarse en la cama, dándole la espalda, mientras Conor le escribía mensajes con los dedos a lo largo de la curva de su columna vertebral para que los descifrase letra a letra.

—¿Te sientes mejor?

—No lo sé —dice—. Creo que un poco. A lo mejor me doy una ducha, a ver si se me quita.

—Quizá deberías llamar a tu padre —sugiere Conor.

Entonces aparece en la habitación una verdad que no quiere oír.

—¿Por qué iba a hacerlo? ¿Qué quieres decir con eso?

Es un intento barato y poco convincente de hacer de Conor el problema, y él es consciente. Su marido, sentado al borde de la cama, reajusta su postura y se vuelve hacia ella como si fuese una niña malhumorada porque la historia de antes de dormir ha terminado demasiado pronto. Conor, que se traga la tentación de decirle a su esposa «No estás enferma, solo estás triste». Conor, que, en lugar de eso, opta por decir:

—Quizás os sienta bien a los dos.

En la ducha, Maggie se echa champú en la palma de la mano y piensa en todo lo que ya está perdido. Su propia infancia queda ya muy lejos, ¿merecía acaso la pena volver atrás en el tiempo de esa forma? Se frota el champú en el cuero cabelludo y piensa en cómo cambian los niños, en lo rápido que se convierten en sí mismos. A lo mejor hasta puede entenderlo. La lógica de no decir nada, de esperar a que ella lo dejase todo atrás. ¿Era ese el plan de Heron, esperar a que creciese y se convirtiese en una persona que no echaba de menos a su madre? A lo mejor al final era fácil. Maggie intenta recordar si era hace dos o tres años cuando su hija seguía enamorada de ella de una forma tan incesante. Se colgaba de ella cuando entraba en la habitación, le dejaba notitas escritas a mano debajo de la almohada. El tipo de amor que Olivia profesa ahora a sus amigas, ciego e intenso. Cambia casi día a día. Olivia ha empezado a ponerla en cuestión, Maggie lo sabe. Ha empezado a fijarse en sus errores, en sus imperfecciones. Está bien, piensa Maggie, tiene que ser así. Las madres y las hijas también son personas de verdad. Olivia tiene que aprenderlo. Cuando era más pequeña era distinto, su vínculo era espeso y posesivo. Maggie recuerda la fase en que el amor de Olivia por ella era un tipo de celos, cuando había querido a Maggie entera solo para ella.

—No es división —había intentado explicarle ella a su hija—, es multiplicación. No te quiero menos por querer a papá y a Tom.

177

Su hijita la había mirado con atención y había asentido.

—O a lo mejor eres una abeja —había respondido Olivia—. Las abejas tienen tres corazones.

Maggie lo había buscado esa noche, y era cierto hasta cierto punto, tres corazones, o un sistema de válvulas y tubos que hacía las veces de corazón en las abejas. El sistema vital que las mantenía en movimiento.

Es imposible tanto cambio. Es por completo inevitable. Maggie se aprieta la cabeza con los dedos para vaciarse de pensamientos, para aclararse el cerebro. Pone la temperatura de la ducha demasiado elevada, un ligero escaldamiento bien merecido. Es una mujer adulta; no puede esconderse de su propia vida. Maggie cierra el grifo de la ducha y se planta ante el espejo del baño, poniéndose crema bajo los ojos, en la barbilla, una constelación en su ceño. Últimamente Maggie ha empezado a observar a las mujeres mayores, a admirar su forma de vivir en el mundo sin que este las aplaste. La ropa que eligen. La forma de hablar a los desconocidos. Mira su reflejo y no tiene la menor idea de si se ha convertido en su madre.

ES LO QUE TIENE ELEGIR EL MOMENTO

El último día de las vacaciones de Navidad Maggie les dice a los niños que el abuelo está enfermo. Los hace sentarse uno junto a otro en el sofá, como si fuesen niños en una película estadounidense. Los mira a los ojos y da explicaciones. Cuando ambos empiezan a llorar se siente repentinamente furiosa. Es mi padre, no el vuestro, le entran ganas de gritarles. Yo soy la persona con derecho a sentir eso. Sus propios hijos, con sus caras suaves y mojadas, frotándose los ojos con los nudillos. Observa cómo la noticia los cambia. Tom asiente sin decir casi nada. Olivia, llena de las preguntas que una niña de ocho años necesita hacer, directas y sin filtro.

—¿Se va a morir muy rápido?

—¿Iremos al entierro?

—¿Qué tendremos que ponernos?

—Todo eso queda muy lejos —responde Maggie—. De momento, seguimos adelante. Id a darle de comer al hámster. Id a hacer los deberes.

Id y seguid hacia delante.

Sabe de inmediato que lo ha estropeado. Que les ha metido prisa, les ha soltado la mala noticia a toda velocidad porque no conoce otra forma de hacerlo. Debería haber hecho este momento más llevadero, haber dispuesto sacos de arena de consuelo maternal para mantener el dolor a raya. En lugar de eso, es otra distancia más, otro momento que no ha conseguido dominar. Eso es lo que recordarán los niños, piensa Maggie. El día que mi madre nos dijo que nuestro abuelo se estaba mu-

179

riendo, dirán, nos obligó a tragarnos nuestras emociones para no tener que verlas. Tendrán que añadirlo a la lista. Otra herida más para contar en terapia, suponía, o a un nuevo amante en una de esas conversaciones en las que desnudas el alma a medianoche. Así era mi infancia, dirán. Así era mi madre. Fría.

Con cierta frecuencia, Maggie piensa en lo que hará cuando reciba las noticias de su propia muerte. Habrá un bulto, por ejemplo, o un dolor, que al final no resultará no ser nada. Si es que le dan las noticias, claro. Hay cierta buena suerte en que te den un aviso así por adelantado, en que te den la información de que ahora ya tienes que vivir mientras puedas. ¿Sabía algo su padre antes de ir al médico? Nuestros cuerpos nos dicen cosas. Así era cuando se quedaba embarazada, su cuerpo se lo decía antes de cualquier prueba. Maggie pensaba que eran cuentos de viejas hasta que le pasó a ella. Morirse sería lo mismo, estaba segura. Su cuerpo se lo diría. Cuando eso ocurra, Maggie espera vivir de forma salvaje, hacer algo intrépido. A lo mejor se hace un tatuaje improbable, o aprende a hacer paracaidismo acrobático. Para aprovechar al máximo todos los minutos. Pero en su fuero interno Maggie sabe que no hará nada por el estilo. Sospecha que fracasará en ese tramo final. Seguirá pagando facturas y ordenando armarios hasta que sea inverosímil y luego desaparecerá. Incluso entonces le dará demasiado miedo sacudirse sus responsabilidades. Vivir libremente. Cuando los niños eran pequeños, se levantaba en mitad de la noche con el miedo a una muerte súbita, una visión de sí misma arrollada por un autobús sin que nadie supiese dónde estaba guardada la lendrera. Tenía que vivir, se decía a sí misma en esa época, porque la necesitaban. Tenía que quedarse.

En la cocina resuenan la tertulia de la radio a todo volumen, las sartenes arrojadas al fogón con un ademán. La banda sonora de Conor al preparar un abundante *brunch* cuando el resto de la familia se contentaría con unos cereales. Era una de sus tácticas de eficacia probada, intentar animar a Maggie cocinando la comida que más le gustaba a él. Irá hacia él. Hará el café. Maggie coge las tazas y, mientras prepara la espuma de leche, aparece Olivia en la puerta, con sus zapatillas de reno en los pies equivocados y la cara llena de preguntas.

—¿Eso del cáncer le duele al abuelo? —pregunta, con la mirada clavada en sus padres—. ¿No pueden los médicos ayudar a que se sienta mejor? ¿No pueden darle medicinas?

Conor levanta a su hija hasta un taburete de la cocina y deja que los huevos pochados se ocupen de sí mismos durante un minuto. Le sujeta la cara entre las manos.

—Lo ayudarán. Los médicos lo ayudarán. Pero los cuerpos no funcionan para siempre.

Olivia lo mira fijamente.

—¿Ni siquiera el mío?

Los cuatro, a la mesa de la cocina, portándose lo mejor que pueden. Juntos. La mala noticia hace que incluso Tom se someta a los buenos modales. Comen y hablan de sus vidas normales, que empezarán de nuevo mañana. El colegio, el trabajo y la gente que tendrán que volver a ser cuando salgan de esa casa. A Maggie se le ocurre sacar una foto, pero no lo hace. Cuando los mira así siempre la sorprende esa familia perfecta. Ahora ya no recuerda si cuando era pequeña se imaginaba que sería madre; seguro que no podía imaginarse algo así. Lo extraño que resulta estar enamorada de gente a la que cada año conoces menos. Cuando extiende el brazo para coger la leche nota que un michelín le cae sobre la cinturilla. Es una liberación. Una verdad innegable.

Cuando se acaba toda la comida se dispersan por la casa. Cada uno de ellos en busca de algo que hacer, algo real que tocar. Tom, con los pulgares en el mando de la Xbox, pone a sus futbolistas a correr y correr. Olivia ensarta cuentas para hacer sus complicados nudos de la amistad. Conor quita las últimas luces de Navidad, aún colocadas alrededor de la puerta de entrada. El final de todo eso hasta el año que viene. Maggie mete la sartén de hierro fundido en el fregadero. Los niños han entendido algo nuevo hoy: nada cambia, todo cambia. Se seca las manos en el paño de cocina, recorre las mismas aplicaciones de siempre en el móvil, buscando y rebuscando algo que no aparece. Es adulta. No está segura de nada. Es una mujer que siempre lee las etiquetas. Tiene un pelo que ya nunca le queda como ella quiere, no llega a ser horrible, pero tampoco le queda bien. Irá a ver a su padre.

UNA PARTIDA DE AJEDREZ

Maggie llama a la puerta y Heron entiende lo que eso significa. Ella ha avanzado hacia él, pero solo una casilla. No es una reconciliación, todavía no.

Ella está lista para él, llena de palabras, de furia y de preguntas. Cuando él abra la puerta se pondrá a vociferar y se lo soltará todo.

Pero las palabras que salen de él son:

—¿Vas a entrar?

Y las palabras que salen de ella son:

—Hoy no.

Ha estado cerca.

Lo normal, quizá lo correcto, sería gritar, dientes afilados y gruñidos, el tipo de lenguaje que normalmente no permitiría que su padre oyese de su boca, ni siquiera a los cuarenta y tres. Pero estos días distanciados lo han transformado. Ese breve exilio de la vida de Maggie le ha arrebatado a Heron el color de la cara, ha debilitado incluso su forma de pararse en el umbral. Maggie no sabe cómo hacer para que Heron la escuche, que lo sienta, sin que se desmorone allí mismo, en la puerta. En lugar de eso, se quedan de pie. Maggie fuera, Heron dentro. Con el estrecho porche entre ellos, como el escenario de una extraña obra. El abrigo de Heron cuelga del gancho y hay un paraguas apoyado en la esquina, por si acaso. Heron intenta explicar lo mucho que le cuesta explicarlo. Que en aquel momento era, o parecía, correcto y necesario, casi obligatorio. Pero veía que las cosas habían cambiado, era consciente de cómo podía verlo ella. Maggie tenía que entender que eso era lo difícil en la vida. Que las cosas cambiaban, se volvían incorrectas con el tiempo, o acababan siéndolo.

—No le echo la culpa a otras personas, Maggie, pero, en aquel momento, pensé de veras que me estaban ayudando, que nos estaban ayudando. Las cosas cambian, ¿verdad? Todo cambia. Entonces no era como ahora.

Maggie asiente, no en señal de acuerdo, sino para dejar constancia de que algo se ha confirmado. Que ha quedado registrado. Permanecen así por un momento, paralizados, hasta que Heron se mueve y abandona su posición en el vestíbulo.

Maggie, sola, se apoya contra la casa y espera que los vecinos no la vean de pie en el umbral, fingiendo que mira el candado como si lo estuviese arreglando. Piensa en toda la energía perdida, en los años en que ha odiado a su madre y ha estado de duelo por ella. Se pregunta si le quedan ya el tiempo y la fuerza necesarias para reimaginar a una persona a cuya ausencia se ha acostumbrado tanto. Cuando Heron aparece de nuevo en la puerta le tiende una caja de cartón llena de carpetas y sobres marrones. Llenas de su vida de antes.

Las tarjetas de cumpleaños sin abrir son lo más duro. Las primeras con chapas de cinco, seis, siete, que aún abultan bajo los sobres. Las de después, ofreciendo bonos de regalo caducados desde hace muchísimo, los regalos sin recibir que deberían haberse transformado en compilaciones de CD dobles o pósteres de la tienda Athena. Coloca sobre la mesa todos los objetos sin reclamar.

Maggie separa los recortes de periódicos en una pila. Heron los ha guardado sueltos, cosa que la sorprende, son perfectos para álbum. Artículos que ha guardado, supone, para tranquilizarse, para tener pruebas que lo apoyen. Lee todos los titulares que son sobre ella y a la vez no lo son. Indignación en negrita y pánico moral. El hundimiento de los valores familiares. Observa lo mucho que les gustan las metáforas cancerígenas, el melodrama, a esos pobres jueces y políticos; cómo todo aquello les roba el sueño. Lord Glidewell, juez del Tribunal de apelación, progreso suave y sin trabas: *glide*, deslizarse; *well*, bien. Un nombre demasiado bueno para ser verdad. Las palabras mecanografiadas, no por él, supone, sino por una mujer con blusa y zapatos bien lustrosos. Ciento cincuenta palabras de sabiduría por minuto.

El entorno ideal para que crezca un niño es el hogar de unos padres cariñosos, cuidadosos y sensatos, un padre y una madre. Cuando tal ideal es inalcanzable, es tarea del tribunal elegir la alternativa que más se acerque a dicho ideal.

Maggie se felicita. Ella es cariñosa. Ella es sensata. Está criando a sus hijos de forma ideal.

Encuentra rincones de la casa donde puede pensar sola. Se da largos baños. Una tarde sube por la escalera hasta el desván y finge ordenar la ropa de bebé de los niños para leer y releer la pila de documentos sin que nadie mire por encima de su hombro. Necesita tiempo para sacar conclusiones: ¿es algo que le hicieron, o es algo de lo que ella es cómplice? Comienza a recordar, o cree recordar, a desconocidos con maletines. ¿La presentaron a ella como prueba? ¿La ficharon a ella también en el caso contra su madre? ¿Malinterpretó el tribunal sus dos coletas sin peinar y sus manos pegajosas? ¿Qué obvio disparate de niña de tres años había dicho, o no había dicho, que los condenó a todos?

Le vuelven cosas. Recuerdos. En la ducha y en el tren. ¿No le había dicho una vez Heron que, si la gente preguntaba, tenía que decir que su madre estaba trabajando en el extranjero, o que se había fugado con un hombre que conoció en el pub?

¿Dijo eso alguna vez? ¿A su profesora, a sus compañeras? ¿Preguntaron? Intenta oír los rumores que deben de haber susurrado por encima de su cabeza y a sus espaldas. Intenta oír todas las palabras que no ha oído durante cuarenta años.

Su pasado no es un vacío. Recuerda muchas cosas de su infancia. La primera parte sí está vacía porque las primeras partes siempre lo están, ya está. Y ahora intenta de veras recordar todas las personas y los sitios que ha perdido. Por primera vez en años, Maggie piensa en la casa de su abuela, en sus moquetas gruesas, en las estanterías con pisapapeles de cristal y dedales de porcelana. En esa casa, que era un refugio. Y, antes de eso, el hogar de infancia de Heron. Que se lavaba la cara llena de pecas en ese lavabo, que subía las escaleras de dos en dos para irse a la cama. Maggie había querido a su abuela, con su casa llena de tesoros acumulando polvo, todos colocados con el mayor cuidado en superficies de caoba. No se había dado cuenta hasta ahora de que su cerebro había guardado tanto, miles de detalles minúsculos que no sabía que tenían importancia. Imanes de frigorífico que les enviaban primos segundos de Australia. Flores secas en el alféizar de la ventana. Tarta de merengue de limón y sacarles brillo a los artículos de bronce. Todo el consuelo y la seguridad del pasado.

Faltaba gente, echaba de menos a gente, pero Maggie no cree haber echado de menos a su madre. Siempre supo que no debía hablar de ella, que no debía mencionarla. Cualquier referencia a su madre transformaba a los adultos a su alrededor: un nuevo tono de voz, palabras propias de telenovelas, no de cocinas de gente real. Maggie lo recuerda perfectamente. Su abuela, rechoncha y habladora, ensombreciéndose en cada ocasión, antes de decir: «No menciones el nombre de esa mujer en mi casa. Para mí está muerta».

Como si fuese una cuestión de elección personal.

Como si la gente pudiese hacer que su madre muriese o desapareciese solo por desearlo.

Antes de irse a la cama Maggie comprueba, como siempre, que los niños están en las suyas. Dormidos. Respirando. Siente, como siempre, la culpa de sospechar que cuando más los quiere es cuando están dormidos. No puedes cometer errores cuando están dormidos, se dice a modo de explicación. Eso es. Después, se sienta en el sillón junto a la lámpara para poder leer de nuevo las páginas, aunque ya se sabe buena parte de memoria. «Es simple sentido común decir que la niña debería tener una vida más normal en una familia más normal». Unas palabras que podría recitar como si fuese un poema terrible. Conor se arriesga a ponerle la mano en el hombro. Intenta suavizar, ser la voz de la razón. Repasa con ella de nuevo los papeles. Lee, asiente, niega con la cabeza. Repite las líneas de Heron en el umbral como si fuesen una explicación.

—Sé que duele, Maggie. Pero eran tiempos distintos.

ENERO DE 1983

BIZCOCHO CASERO

Es la hora del baño y su hija es la perfección, la curva de su espalda, las extremidades, centímetro a centímetro.

Se dan un capricho y ponen más burbujas.

Dawn inclina el sombrero de la botella con forma de marinero, y luego, como siempre, cantan «What shall we do with the drunken sailor», mientras el marinero baila sobre el grifo.

—Te vas a quedar como una pasa —le dice a Maggie—. Mira esos dedos.

Así que la levanta y la envuelve en su toalla con capucha.

Maggie pide azúcar glas y Dawn le pone talco.

Sienta a la niña en el regazo y le corta con cuidado las uñas mientras le canta la canción de la familia dedos. El más largo, el más fuerte, y el pequeñín, ¿dónde está?

En la habitación infantil Dawn le lee a su hija su libro preferido tres veces. El gato Mog. Vaya con el gato, dicen juntas, y Maggie le suplica que se lo lea de nuevo. «Otra vez, mami. Solo una más. ¡Porfi!». Pero tienen que seguir, dice Dawn, hay muchas otras tareas que hacer a la hora de dormir. Maggie tiene que acostar a su propio bebé antes de dormir: Julie, su muñeca, a quien tiene que meter en su cunita de plástico. Maggie tumba a la muñeca, cuyos ojos se cierran, con sus lágrimas de marca secas para toda la noche. Maggie y Dawn la arropan juntas y dejan su pelo rubio platino cortado al estilo tazón descansando en la minúscula almohada que Dawn le ha hecho a partir de un camisón viejo. Se besan todas las frentes, plástico frío y piel cálida, y luego Dawn se pone de pie, tras prometer que dejará encendida la luz del rellano.

En el silencio de la casa, Dawn lee de nuevo el juicio. Esas páginas que parecen enviadas desde el castillo de un cuento de hadas. El unicornio que baila, el león con corona.

Es bien sabido que las mujeres así son incapaces de sentir un amor maternal natural. Así pues, debemos velar por el interés de la niña y conceder la custodia completa al señor Barnes, así como el cuidado y el control de su hija. Lo más probable es que el señor Barnes se case de nuevo. Con el tiempo la niña se encontrará en el seno de una familia perfectamente normal. No es necesario que nadie sepa de la desviación de su madre.

Las palabras se le quedan incrustadas en el interior de su cabeza, como la costra negra que se queda tras cocinar y que hay que dejar toda la noche en remojo para quitarla de la sartén. Maggie estará mejor sin ella, le han explicado. La niña no tendrá que avergonzarse.

Heron le ha dado unas horas para hacer la maleta. Va por la casa y toca las cosas que no puede llevarse con ella. Cosas que son demasiado grandes o que ya no son suyas. Recoge los tesoros de la parte trasera del cajón de los calcetines. Su pequeña cámara Kodak plana. La pulserita minúscula que Maggie había llevado en el hospital al nacer. Dawn dobla la ropa con cuidado en la maleta. Cosas que puede llevarse. Sus vaqueros, su jersey preferido. Algunas de esas camisetas las tiene desde antes de casarse. Ropa que ha durado esa vida y esta otra. Hilos y botones que los sobrevivirían a todos.

Cuando termina de hacer el equipaje Dawn va a la cocina. Rompe los huevos en el bol marrón marca Denby que su abuela le había regalado por su boda. Bate la mantequilla y el azúcar hasta que espesan, y añade la harina. Dawn espera mientras se hornea y luego ve cómo el bizcocho se enfría y la noche transcurre. No se apresura, tamiza el azúcar glas para que no se hagan grumos, extendiendo una capa de mantequilla y azúcar entre las partes del bizcocho y otra por encima. Coloca los botones de chocolate, como ha prometido que haría, formando el número cuatro. Con cuidado, Dawn mete la tarta en una caja y pone las cuatro velas rosas de cumpleaños dentro, junto a la tarta. Sabe que Heron ignora dónde se guardan las velas de cumpleaños.

FEBRERO DE 2023

ESTÁS EN LA RUTA MÁS RÁPIDA

Maggie no es del todo temeraria; lo piensa bien, al menos la primera parte. Antes de marcharse se asegura de poner algo en la olla de cocción lenta para después. No una receta en sí, solo unas verduras repescadas del cajón del frigorífico, una lata de tomate y bastante ajo para que parezca hecho a propósito. Envía seis correos electrónicos y reprograma una reunión. Devuelve una llamada. Entra en la página del colegio de Olivia y paga la excursión al Castillo de Dover. Es eficaz. En el trabajo. En casa. Maggie mira su vida y se siente segura de que, en el fondo, es una persona fundamentalmente buena. Hace una donación a la organización Lifeboats por débito directo. Casi siempre compra el periódico callejero *Big Issue*, si tiene el cambio justo. Admite que de vez en cuando se le olvida dar de comer al gato, pero siempre decide darle un poco de comida extra al día siguiente para compensar. Hace lo que puede. Lo lleva todo para delante, lleva para delante ser una persona. Le deja una nota a Conor y coge cosas para pasar la noche.

El trayecto hacia el este es todo llanura y granja. Kilómetros de almacenes y torres de alta tensión, señalización para sitios que no pueden ser de verdad: Thickthorn, Hethersett, Cringleford, y cada uno de ellos suena más a cuento que el anterior. Lo mejor, piensa Maggie, es no pensar demasiado los detalles, lo que hará o lo que dirá cuando llegue allí. Tampoco está del todo segura de que no vaya a darse media vuelta y volver a casa en coche antes de que se presente ese problema.

De momento, avanza. Conduce en dirección a ella. Es extraño estar sola en el coche, con el asiento trasero lleno de la ausencia de los niños. Sin que nadie se queje de la música que ha elegido, sin que nadie pregunte sin cesar cuánto tardaremos en llegar allí. Sola en el coche, le da tiempo a pensar, a recalibrar. Maggie lleva mucho tiempo contándose la misma historia. Una historia triste y simple sobre quién es ella. Un padre, la víctima, abandonado por una esposa que no miró atrás. Una madre que no la quería lo bastante como para quedarse. La nueva versión es más enrevesada, se va formando palabra a palabra, con cada página de pruebas. La sentencia del juez, los peritajes del psiquiatra y de los Servicios Sociales. Maggie no sabía que pasaban cosas así, no en sus días. No en su vida real. Pero ahora lo sabe y es como leer por primera vez. Es uno de los pocos momentos de la infancia que recuerda con muchísima claridad: aprender a leer. Descifrar el código de letras a los cinco o los seis años, y de repente el mundo inundándose de sentido, señalización en las carreteras, cómics, la parte trasera de las cajas de cereales. Las palabras estaban en todas partes, entraban en su sitio y lo mejor es que habían estado allí siempre, delante de las tiendas, en la etiqueta de su chaleco. Todo aquel significado, de pronto visible. De pronto claro.

Cuando intenta hablar con Conor del asunto él dice que es una tragedia, una historia triste más en la larga lista de historias tristes a las que llamamos historia. Se siente mal por todos los implicados, por supuesto que sí. Maggie no puede nombrar lo que siente; comezón es lo más cercano. O contusión. No puede dejar de preguntarse si su madre habría debido hacer más. Haber luchado más por ella. Haberla raptado por la noche, como Maggie está segura de que haría en la misma situación.

«¿Eso harías?», le había preguntado Conor, y ella se había encogido de hombros, pero pensando: «Sí, por supuesto». Siempre la ha asustado la fuerza de ese sentimiento, esa verdad que conoce sobre sí misma desde el momento en que nacieron. Está segura de que las profundidades de desesperación en las que se zambulliría por ellos no tienen límites.

Empezó la búsqueda una noche, cuando los niños se habían ido a la cama. Colocó el ordenador en la mesa de la cocina porque tenía la sensación de que era demasiado importante para la pantalla de un teléfono. Maggie empezó a escribir «Dónde está mi madre» y Google aventuró otros cierres para la frase antes de que ella terminase. «Está dentro», le contestó. O «Dónde está mi placa madre». Buscó perfiles en las redes sociales y propietarios de pequeñas empresas, en busca del nombre de soltera de su madre, de su nombre de casada, sacando caras de Dawn que no eran ella. Una tal Dawn Brown que era veinte años más joven y se había casado con alguien ligeramente familiar. Una Dawn Barnes nacida y crecida en Tulsa. Los nombres eran demasiado comunes, o los motores de búsqueda los confundían con demasiada facilidad y ofrecían resultados de puestas de sol sobre granjas y gamas de tinte para el pelo en lugar de su madre.

La segunda noche, fue más sincera con su ordenador y puso toda su esperanza en la lupita de aumento: «¿Cómo puedo encontrar a mi madre perdida?». O, aún más importante: «¿Debería buscar a mi madre perdida?». Era levemente vergonzoso poner tanta pena y tanto anhelo en el mismo sitio en que buscaba vuelos baratos o un presupuesto para el seguro del coche. Algunas preguntas eran demasiado grandes para internet. Pero no era la primera en preguntar. Maggie avanzaba y pulsaba sobre los problemas de otra gente, y un recuerdo subió a la superficie de sus pensamientos, de un día olvidado hace tiempo, de cuando se perdió a los cinco años. Recuerda los estantes del supermercado, demasiado altos para mirar por encima, todos los pasillos iguales, y Heron no aparecía por ningún sitio. Maggie corrió y corrió, buscándolo, para acabar estampándose contra el sólido centro de una mujer cuyo bebé meneaba sus rollizas piernas por debajo del asiento del carro, a la altura de los ojos de Maggie. Una mujer que dijo: «No llores, no pasa nada. La encontraremos. Encontraremos a tu mamá».

La tercera noche Maggie es una especie de experta en personas desaparecidas que vadea entre artículos sobre cómo acceder al registro civil o qué buscar cuando contratas a un detective privado. Encuentra empresas donde puedes pagar a gente para que haga la búsqueda en tu lugar; no está segura de por qué, pero eso la sorprende. Por supuesto, hay un mercado. Ve vídeos durante horas, las historias que acaban bien, gemelos separados durante treinta años, la tatarabuela encontrada justo antes de su centésimo cumpleaños, un milagro. Las páginas están llenas de gente de la edad de Maggie que nunca ha conocido a sus padres. Dicen ante la cámara que ahora se sienten completos, realizados después de tanto tiempo, y Maggie pulsa en la crucecita para que desaparezcan. Hay páginas diferentes para las causas perdidas, la gente que no quiere que la encuentren, o a la que nunca encontrarán. Maggie lee las historias, hijos mochileros desaparecidos, hermanas que nunca volvieron a casa después de una fiesta. Los mismos mensajes bajo las fotos desenfocadas, solo queremos saber que estás bien. Estamos listos para hablar cuando tú lo quieras. Maggie pasa un poco por encima. Buscar un certificado de defunción sería bastante fácil.

Considera la posibilidad de ponerse en contacto con los abogados, pero ve que se han fusionado con otro bufete y se han deshecho de todos los papeles viejos por el camino. Todos los obstáculos son una señal, supone, o al menos una oportunidad de descolgarse, de decir que lo intentó y que fracasó. Hay otro nombre en el papel del juicio que le ha dado Heron. No pasa nada por hacer una última búsqueda, piensa Maggie. Pasa rápidamente por la lista de Hazel Wright, antes de perder la paciencia, descartando a las que son demasiado jóvenes o demasiado viejas. Si son una opción plausible, las llama, pregunta y se disculpa, se deshace en explicaciones sobre quién es y qué quiere. Una enfermera de Newcastle. Una mujer que criaba labradores en los alrededores de Swansea.

Una directora que sonreía desde la sección «Quiénes somos» de la página de una escuela primaria. Busca a desconocidos por Google y les pregunta si hace cuarenta años conocían a una mujer hasta que una de ellas acaba diciendo: «Sí, la conocí. Sí, sé dónde vive ahora. ¿Tiene un bolígrafo?».

Maggie se detiene a comer un bocadillo e ir al baño. Se come una bolsa de patatas fritas de queso y cebolla y piensa de qué forma podría presentarse a su madre. Mientras va conduciendo, Maggie vuelve a intentar imaginarse a Dawn. Cómo será ahora. Cómo podía haber sido entonces. No recuerda conocer a nadie que fuese homosexual cuando era pequeña. ¿De veras? Solo en la tele, y tampoco con mucha frecuencia. En alguna comedia, o para despertar la lástima de algún director de documentales. Recuerda a los niños del colegio, tenían algo que resultaba visible para los demás mucho antes de que ellos mismos lo vieran. Los insultos en los columpios, eso sí lo recuerda. Cuando el retraso de un autobús o un examen sorpresa de mates o cualquier otro rollo era gay. Muy gay. ¿Decía ella cosas así? ¿No lo hacían todos? Recuerda, por primera vez en años, aquel anuncio de la tele con la lápida que los asustaba a todos. Y los rumores. Lo pillarás de un asiento del váter. Lo pillarás de la profe de gimnasia si te quedas después del hockey. Alguno te lo inyectará mientras esperas el autobús.

Tener la dirección cambiaba las cosas y Maggie veía que era ella quien tendría que romper el hielo. Aquella tarde, sencillamente, reanudó las llamadas nocturnas con su padre y retomó el viejo hábito, como si el universo entero no se hubiese plegado sobre sí mismo en los últimos meses. Lo arreglarían de esa forma, pensó. No con grandes gestos ni con disculpas, sino volviendo a las novedades de su padre sobre el jardín, y lo que pasaba por cotilleo sobre los vecinos. Seguirán adelante, como hacen las familias.

—¿Te gustaría venir a comer el domingo? —le preguntó—. Olivia tiene que practicar para el examen de piano, así que tendrás que escuchar cómo destroza el «Merrily We Roll Along», pero si te ves capaz de soportarlo...

—Allí estaré —respondió Heron.

Se convertiría en eso, en algo distinto pero casi igual. Heron estaría allí el domingo; escucharía con paciencia el plinc plunc del piano. Encontraría una forma de ayudar a Tom con su bici. Entonces le contará lo que tenga que contarle sobre las llamadas de teléfono, la búsqueda y el coche. Descubrirá qué hay al final de esta carretera y después se lo contará a Heron.

Ahora Maggie apunta hacia delante con el coche y ve que el reloj del GPS cuenta los kilómetros hacia atrás. La casa de su madre, a tres horas y cuarenta y seis minutos de su casa sin tráfico. Una proximidad insoportable. En la pantalla, el puntito azul que es Maggie se acerca cada vez más a la bandera de cuadros que es la casa de Dawn. Dentro de un kilómetro gira a la izquierda, le dice. Has llegado a tu destino.

Tiene las piernas agarrotadas de conducir y siente un latido en la espalda al estirarse y salir del asiento del conductor. Al principio camina delante de la casa, casi sin mirar. Quiere familiarizarse con el sitio. Recuperar el aliento. Es un pueblo pequeño, el tipo de sitio por el que pasas de camino a algún otro lugar. Se imagina que estará más animado en verano. Pero en febrero no hay donde ir, no hay ningún café donde sentarse a esperar, a observar. Hay un pub y una freiduría que todavía no ha abierto. Una pequeña tienda en la esquina que vende hornillos de gas y décimos de lotería. Maggie ha llegado hasta allí, ha mirado la minúscula casa de campo. Es encantadora, piensa, esa es la palabra. Las paredes de pedernal, la puerta principal pintada de rojo, un poco demasiado pequeña hasta para convencerla de que allí vivía una persona de tamaño normal. Podía volver al coche y regresar a casa o podía llamar.

BAJAMAR

El interior de la casa de pedernal es pulcro y está lleno de letreros rústicos de madera. El motivo son los clichés playeros, pintura azul claro, motivos de anclas, sogas. Encima del fregadero hay un cartel que dice: «La vida es mejor en la playa». No es mentira *per se*, piensa Maggie, pero el excesivo orgullo de quienes vivían en la costa siempre la había llenado de confusión. Aun así, hay algo bonito en ello, en que todo haya sido elegido con cuidado y esté en su sitio. Los radiadores verticales y los sofás grises y ordenados. Todos los rincones de aquella pequeña casa eran lo contrario de la de su padre, que llevaba sin decorarse desde que Maggie tenía uso de razón, o, ahora que lo pensaba, desde que su madre se marchó. Incluso aquello le parecía ahora totalmente distinto. Maggie siempre había encontrado vagamente divertido que su padre dejase la casa abandonada, anticuada. Se burlaba de él, claro, y luego lo perdonaba como si fuese una especie de asceta que, en términos morales, se hallaba por encima del cambio del papel pintado. A lo mejor no había entendido nada. ¿Lo deseaba así, como recordatorio diario de una vida anterior? ¿Una especie de penitencia? La tristeza y el desinterés a menudo tienen el mismo aspecto, piensa Maggie.

—¿Damos un paseo? —pregunta la mujer que es su madre—. ¿Por el mar?

Se muestran de acuerdo en que es buena idea tomar un poco el aire después de tanto conducir. Desde la puerta delantera de la casa de Dawn cruzan la estrecha carretera y giran a la izquierda, dejando atrás el tipo de pub que a Maggie le sorprende que siga existiendo, aun en un sitio así. Con los precios de la *happy hour* pintados en encerados y sombrillas del color apagado de la lager australiana barata cerradas para el invierno. Dawn señala, indica que tienen que doblar la esquina y atraviesan un aparcamiento para caravanas. Las viviendas no tan móviles son de color blanco y amarillo y cada una de ellas tiene un leve punto de individualidad, una bandera galesa, una jardinera de plástico en la ventana. Pistas para que un niño se oriente a la hora de llegar a casa. El sitio al completo le da a Maggie la impresión de estar hibernando, cerrado y esperando el tiempo cálido. En primavera, aquellos caminos se secarían. En verano se endurecerían bajo los pies descalzos y las chanclas, llevando a la gente a barbacoas de playa y piel salada. Allí, ahora, el día está a punto de cambiar, es la última hora de brillo invernal antes de que la noche se cierre sobre ellas. Bajan los escalones; la rampa de cemento es demasiado empinada para sus rodillas, explica Dawn.

La verdad es que el paseo es una buena idea. Pensar en dónde poner los pies les impide tener que mirarse demasiado; les evita el buscarse el parecido en los ojos o en los pómulos. Caminan juntas sobre la arena fría, mirando el mar cada pocos pasos, como para confirmar que sigue allí. Maggie no le cuenta a Dawn que cree que la playa es bonita, no quiere ser tan obvia. Se da cuenta de que quiere impresionarla, impresionar a esa mujer de casa ordenada y pequeña. Comienzan despacio. Como desconocidas esperando el mismo tren retrasado, hablan del tiempo, de la situación general de las cosas. Ambas acercándose al enorme tema indecible que han esperado abordar durante años. Oyen la voz de la otra. Cuando se desvían y hunden los pies en la arenilla fina, Dawn las reconduce a la parte seca y pisa sobre piedras verdes y mojadas en dirección a la zona más firme. Maggie está encantada de haber traído botas de invierno y obvia el daño colateral infligido al cuero. Ahora caminan con más facilidad, con el mar a la izquierda, los acantilados y las caravanas a la derecha. Es otra cosa inesperada: su madre es una mujer que sabe del mar, dónde poner los pies, cuándo subirá la marea. Sabe los nombres de todos los tesoros varados a sus pies. Huevos de tiburón, jibias, pinzas de cangrejo dispersas.

Cuando están casi llegando a la casa Dawn dice que va a cocinar, a no ser que... Las dos mujeres se detienen fuera de la freiduría, envuelta en el olor a patatas fritas y vinagre.

—Un capricho, entonces, ¿te parece?

Se llevan los paquetes de papel caliente a la casa, un olor que casi puedes saborear. Dawn pone platos, cuchillos y tenedores y sirve dos copas de vino blanco frío.

Las mujeres comen sin saber que están compartiendo el mismo pensamiento, que unas patatas ardiendo tras un paseo por el frío es una de las mejores cosas que puede darte la vida.

Ambas levantan la vista cuando se oye una llave en la cerradura. Dawn se levanta como el rayo y sortea la mesa para presentarla.

—Maggie, esta es Hazel. Hazel...

—Ah, ya lo sé —dice Maggie—. Hemos hablado por teléfono.

Y ESTO, ESTO TAMBIÉN ES UNA CANCIÓN DE CUNA

Es el atardecer más extraño y corriente. Después de cenar, Dawn y Hazel se deshacen en atenciones con Maggie, diciéndole que está en su casa una y otra vez. La conducen al sofá y le llevan un cojín extra, como si fuese a romperse si no la tratan con cuidado. Maggie se sienta junto a Dawn, con unos cuantos centímetros entre ellas, dictados por el instinto de supervivencia. Le enseña fotos de los niños en el teléfono. Dawn toca la pantalla y sonríe. Respira en medio de esa nueva agonía de enterarse de cosas que ya debería saber.

Todo el mundo da la talla, la visitante modelo, las anfitrionas perfectas. Intentan hacerle justicia a ocasión tan monumental. Intentan contenerse, no presionar ni ir demasiado rápido. Maggie lo observa todo, y hasta el detalle más inconsecuente queda cargado de significado. Esta es la marca de té que le gusta a mi madre, piensa para sí. Así dice mi madre «chimenea», con ese tono. Todo es nuevo. Todo es importante. No solo Dawn, también Hazel. Maggie se pasa toda la velada observándolas, cómo se mueven una junto a otra en la cocina, la suave coreografía de dos personas que llevan décadas viviendo juntas. Maggie mira las fotos alineadas en la repisa de la ventana; han viajado, visto sitios, vivido. Mira las cosas tan bonitas con las que han llenado su casa, la lámina enmarcada en la repisa de la chimenea, el cuenco de esmalte azul donde guardan las llaves. Y no puede evitarlo, se ríe al pensarlo.

—¿Qué? ¿Por qué te ríes? —pregunta Dawn, dándose la vuelta desde el fregadero.

—Nada. Lo siento —responde Maggie, intentando controlarse—. Es solo una cosa que se me acaba de ocurrir. Que este es el gran escándalo del que me salvó el juez.

—Menos mal —dice Hazel—. Es indignante. Dos mujeres de sesenta fregando los platos.

—Y con zapatillas a juego —añade Dawn.

Cuando dan las diez y media Maggie empieza a considerar la parte práctica, que el trayecto en coche a casa es excesivo, que ha bebido demasiado vino. No parece muy probable que haya algún hotel por ahí cerca.

—Quédate —propone Dawn—. Será un placer. Por favor. Si te apetece, claro está. Ya sé que es... Bueno.

Y ya está.

Mientras se buscan las sábanas y se prepara la habitación de invitados, Maggie aprovecha para llamar a casa y tranquilizar.

—Está todo bien —le dice a Conor—. Sí, raro, por supuesto. Pero bien.

Estará en casa al día siguiente. Maggie cuelga y ve en la pantalla que Heron le ha mandado un mensaje de texto hace tres horas, en lugar de la llamada habitual.

Me han hecho la resonancia, muy clara. Tengo la próxima cita el lunes. Estoy bien. Papá.

Maggie deja flotar el pulgar por la pantalla. La extrañeza de leer las palabras de su padre bajo el techo de su madre. Escribe:

Me alegro. Esta noche estoy ocupada. Te llamo mañana. Besos.

Y después, para que quede claro, un emoticón en forma de corazón.

207

Cuando vuelve a bajar, Maggie ve a Dawn desde arriba, en su casa, en su vida. Dejará que ese recuerdo se grabe por encima de los demás. Añadirá los detalles de esa noche a la lista creciente de cosas que sabe de su madre. Dawn corre las cortinas contra la brisa nocturna, sirve más vino y, cuando se sientan en el sofá, Hazel se inventa una tarea que tiene que hacer arriba. No engaña a nadie con su truco para darles el espacio que sabe que necesitan.

Hazel apenas ha desaparecido cuando Dawn lo dice.

—Yo no quería abandonarte. Necesito que lo entiendas.

Y Maggie, antes de poder pensar en cómo evitarlo, dice:

—Pero lo hiciste. Me abandonaste.

Maggie siente una vaharada, un aire frío que las atraviesa cuando las palabras salen de su boca. Lo ha desencadenado, ha desencadenado las preguntas difíciles, las respuestas aún más difíciles. Dawn ya ha mantenido esta conversación mil veces. Consigo misma. Con Hazel. Con todos los psicólogos y psiquiatras que la han recompuesto tras las crisis que han marcado su vida.

—Fue un error hacer lo que me dijeron —admite—. Pensar que tenía que hacerlo. Supongo que conoces todos los detalles.

Pero Maggie no los conoce, no puede conocerlos. Gente, ideas, el país, todo ha cambiado desde entonces, piensa Dawn. No se puede describir, no del todo. No se puede explicar, pero lo intenta de todos modos.

—Me dijeron que era una mala madre —dice Dawn—, una influencia peligrosa.

Qué frágil parece eso ahora. Qué simple. Maggie no habla, todavía no. Intenta escuchar, sacar algo en claro mientras Dawn intenta explicárselo de nuevo.

—El mundo está lleno de malas madres, Maggie. La gente

les hace cosas terribles a los niños. Yo no era así. Es difícil pensarlo. Lo que me hicieron, lo que nos hicieron.

Para Dawn es físico, volver a contarlo es como revivirlo. Axilas húmedas y agua en la parte trasera de la garganta. Le pican los ojos porque esa noche no va a llorar por eso. Nada de eso es pasado para Dawn; está en la habitación, en su piel.

—Pero aun así —dice Maggie al final.

—Pero ¿qué? ¿Crees que debería haber hecho algo más? ¿Que debería haber contraatacado?

Ahora Dawn está temblando, y se toquetea la costura de la manga. Lleva años imaginando ese momento, practicando lo que diría. Las palabras que usaría para consolar un poco a su niñita desconcertada. Cómo la reconfortaría y la compensaría. Pero Maggie no es una niñita, es una mujer, es una madre que la mira a los ojos a la espera de una explicación.

Dawn inspira. Se aprieta las manos con los muslos para que no le tiemblen.

—Le pedí a alguna gente que te vigilase —dice—. A los pocos amigos que tenía. Y te escribí, te mandaba cosas por tu cumpleaños. Por Navidad.

Dawn sabe que ahora todo suena endeble, apergaminado, insuficiente. No puede explicarle lo mucho que le costaba cada año tener en la mano la tarjeta de «Feliz cumpleaños, hija», la charla imposible en la ventanilla al pagar, el momento de echarla en el buzón. Cada tarjeta era un pequeño emisario que viajaba donde ella no podía ir.

—Dijeron que lo mejor que podía hacer era dejarte en paz para que pudieses olvidarte de mí, y yo les creí. En aquel entonces me creí un montón de cosas que no debería haberme creído.

Maggie intenta sopesar eso. Intenta reconciliar a la mujer que tiene delante con la mujer que debió de ser antes. ¿Una mujer de veinticuantos? ¿Veintitrés, quizá? A los veintitrés Maggie apenas podía mantener la cuenta bancaria sin descubierto. Tiene que volver a pensarlo todo. Enterarse de nuevo de todas las cosas que ha dado por supuesto, por buenas, por seguras, con respecto a ella, a la ley, a su padre.

Hazel vuelve con ellas, se apoya contra el marco de la puerta y ve lo que ellas no ven. Cómo se parecen. Ese momento que por fin ha llegado.

—Cuéntaselo todo sin más —dice Hazel, y Dawn lo intenta.

—Sí que volví. Lo intenté —explica Dawn—, más de una vez. Les pedí a los abogados que me diesen algún tipo de acceso. En vacaciones o fines de semana al menos. Tu padre siempre decía que no era el momento. Que te estabas adaptando al cole, o que tenías exámenes. Murió tu abuela. Siempre pasaba algo. Y yo tampoco estaba siempre bien. Después.

Maggie escucha, rellena los huecos.

—Lo que quiero decir es que, para cuando yo pude, dijeron que era demasiado tarde, y luego, supongo, lo fue. Lo único que podía hacer era esperar, dejar que crecieses y decidieses por ti misma. Pensé que me buscarías antes.

Todo es abrumador, por supuesto que lo es. Es vértigo, y arrepentimiento, y una tristeza fría y simple. Maggie está mareada con todas las nuevas maneras de sentirse enfadada: con el mundo y consigo misma. Entonces lo siente, una especie de nostalgia por su vida de antes, y se pregunta si ha hecho bien viniendo aquí. Podría haberles ahorrado a ambas el desgarro, haber tirado los papeles y seguir adelante. Pero ahora es demasiado tarde y ya ha levantado la piedra, así que lo dice de todos modos.

—¿Y entonces? ¿Seguiste con tu vida y te olvidaste de mí?

Dawn traga saliva. Mira a su hija a los ojos y dice:

—Perderte ha sido lo peor que me ha pasado en toda mi vida, pero tenía veintitrés años, Maggie. ¿Cómo crees que me he pasado los últimos cuarenta años, llorando en mi habitación?

Por primera vez Dawn extiende la mano para tocarla. Acaricia el pelo de Maggie. Las canas.

—Mira, no pasé de una cosa a la otra de un día para otro. Cuando ocurrió todo, bueno, digamos que mis condiciones no eran buenas. No tenía trabajo ni dinero. Mi familia no me hablaba. Más tarde, quiero decir años más tarde, me di cuenta de que lo peor ya me había ocurrido. Cuando lo vi, me volví invencible.

—Es solo que no entiendo cómo pudiste —repite Maggie.

Cuando lo que quiere decir es «Te he echado de menos».

Cuando lo que quiere decir es «Te he querido todo este tiempo, a pesar de todo».

Desde el otro lado de la habitación, Hazel las mira. Maggie, que se niega a dar su brazo a torcer. Dawn, que acepta los golpes y luego traza un límite para protegerse. Es como ver a una madre y una hija peleando, quiere decirles Hazel. Es como ver un reencuentro entre extraños.

—No iba a ganar la custodia en ese caso, ni nada parecido —dice Dawn—. Pero me construí una vida, Maggie. Eso es contraatacar.

Y Maggie encuentra voz suficiente para decir:

—No recibí las tarjetas.

Es estúpidamente tarde. Han pasado horas hablando y volverán a hacerlo. Colocarán todas las piezas en su sitio, juntas, intentarán ponerle un nombre a lo que la vida les ha hecho. Maggie sabe que apenas ha empezado a sentir la magnitud de la cuestión, el desperdicio. Los años que le ha llevado a Dawn convertirse en esa persona con una casa ordenada y sus tesoros de la playa. Aunque las dos están agotadas, ninguna quiere que la noche termine, así que hacen turnos para encontrar formas de decir: «Este es el comienzo de las cosas». Dawn, que ha aprendido que es más fácil planear que recordar, aventura:

—Podrías traer a los niños, cuando haga buen tiempo. ¿Son demasiado mayores para hacer castillos de arena? No se me dan bien las edades de los niños.

—Nunca se es demasiado mayor para hacer castillos de arena —responde Maggie, con la certidumbre de que Tom diría que él por supuesto lo es, y no muy segura de qué postura mantendría Olivia al respecto.

Olivia, que, con sus casi nueve años, en un momento estaba posando frente al espejo mientras se aplicaba con cuidado su brillo labial con sabor a cereza, y al siguiente le daba cucharadas invisibles de comida a su muñequita. Estaba en la frontera, a punto de cambiar a la siguiente versión de sí misma, y Maggie estaría allí para ver cómo ocurre.

Dawn pide ver más fotos de esos nietos recién fabricados y Maggie pasa por los álbumes del teléfono. Los niños tal como son ahora, más altos con cada hora que pasa, serios. Los niños que han sido todos esos años. Más blanditos y pegajosos.

—¿Tienes fotos tuyas a esa edad? —pregunta Dawn.

—En casa —dice Maggie—. Te las sacaré cuando vengas.

—Hay una mujer, quiero decir, dos mujeres, aquí en el pueblo —dice Dawn—. Tienen un bebé. Las veo caminando juntas, empujando el carrito. Nadie dice nada. La gente les sonríe.

Aprender a vivir con lo que ella había perdido le había costado toda una vida. Observar lo que otra gente había ganado. La suerte de haber nacido en una época algo diferente, o en un lugar algo diferente, y todo lo que eso podía darte o arrebatarte.

Maggie le coge la mano a su madre, los mismos dedos finos, las mismas uñas, la forma de los pulgares es exactamente la misma.

En la habitación de invitados que da a la calle vacía, Maggie se prepara para irse a dormir y se recuerda que es una persona completa. Mira por encima de tejados y chimeneas de ladrillo rojo, en una noche que en realidad es una mañana, y piensa en la caja de documentos que tiene en casa, llena de papeles que prueban que ella es real. Su pasaporte, su título, sus devoluciones de impuestos, todos los papeles que demuestran que es una persona. Es una mujer a la que le empiezan a aparecer venas varicosas en la pantorrilla izquierda, una mujer que no se tiñe el pelo con constancia pero que seguramente debería empezar a hacerlo. Está bien. Ha sobrevivido a eso. Todos han sobrevivido.

Maggie se sube a la cama y oye a Dawn y a Hazel cerrando la casa para la noche. El cerrojo de la puerta delantera, el clic de la puerta del lavavajillas al cerrarse. Las oye trabajando codo con codo, haciendo todas las cosas automáticas y necesarias que hay que hacer al final de ese día también, de un día tan señalado. Ordenar y preparar para el día siguiente. Esperar el primer momento en que estarán solas en la oscuridad de la habitación, en que posarán la cabeza en las almohadas y podrán decirse por fin una a otra: Ocurrió, al final se hizo realidad.

Maggie oye pasos en las escaleras, firmes, y luego una pausa ante la puerta de la habitación, y recuerda qué tiene que hacer. Recuerda cerrar los ojos y pegar la barbilla al pecho. Dawn abre la puerta, apenas un par de centímetros, lo justo para ver, lo justo para oír la respiración de su hija. Inspirando. Espirando.

NOTA DE LA AUTORA

En la década de 1980, en el Reino Unido, alrededor del 90 por ciento de las madres lesbianas implicadas en casos de divorcio como el de Dawn y Heron perdieron la custodia legal de sus hijos. Es casi imposible dar números exactos, puesto que la mayoría, a sabiendas de cuál sería el resultado más probable, decidió no ir a juicio.* Esta novela no se basa en un solo ejemplo, pero sí se inspira en cómo trataba el sistema legal a las familias reales en esa época. Como señalan Fiona Tasker y Susan Golombok, ya bien entrada la década de 1990, siguió dándose el caso de que muchas madres lesbianas que iban a juicio no tenían ningún éxito en conseguir la custodia de los niños.**

Uno de los aspectos más duros de escribir este libro fue pensar que este alejamiento podía imponerse a la familia cuando Maggie es tan pequeña. Cuando se celebra el juicio Maggie está a punto de cumplir cuatro años, la edad de mi hija pequeña mientras yo escribía la novela. A pesar de que el precedente legal más común en casos de custodia entre padres heterosexuales dictaba que los niños menores de seis años deberían estar con su madre, a madres como Dawn no se aplicaban las mismas normas. En el informe de un juez, se reco-

---

* Grupo de los derechos de las mujeres lesbianas en cuanto a custodia, *Lesbian Mother's Legal Handbook*, Women's Press, 1986.
** Tasker, F. L. y Golombok, S., *Growing Up in a Lesbian Family: Effects of Child Development*, Guilford Press, 1997.

mienda un rápido alejamiento de la madre lesbiana. «Cuando antes se produzca el cambio, mejor», declaró el juez, que describía a la criatura de cuatro años como «resiliente y adaptable».*

En los pocos casos donde el tribunal permitía el cuidado continuo a las madres lesbianas, las condiciones impuestas a menudo contravenían derechos civiles básicos. El tribunal podía prohibir que la pareja viviese junta, o realizar muestras de cariño cuando los niños estaban presentes. A menudo las familias quedaban bajo la supervisión de las autoridades locales, y la amenaza de la separación se cernía sobre ellas durante años.

La revista a la que recurre Dawn en busca de comunidad y apoyo está inspirada en las revistas reales *Arena Three* y *Sappho*, cuyo último ejemplar se publicó en 1981. Como explica Steven Dryden:

> Acceder a *Arena Three* no era en absoluto fácil para muchas mujeres. Espoleadas por las advertencias de las posibles implicaciones legales de que las mujeres casadas leyesen la publicación, las fundadoras originales de *Arena Three* establecieron el requisito de que las mujeres casadas obtuviesen consentimiento de sus maridos por escrito como parte de sus condiciones para suscribirse.**

Mientras que las revistas de ese tipo podían lanzar tablas de salvamento a las mujeres aisladas, también podían usarse en su contra. En el caso de D contra D (1974), se presentó un ejem-

---

* Brophy, J. A., *Law, State and the Family: The Politics of Child Custody*, tesis doctoral, 1985.

** Steven Dryden, «Arena Three: Britain's first lesbian magazine», *LGBTQ Histories for The British Library*, en https://www.bl.uk/lgbtq-histories/articles/arena-three-britains-first-lesbian-magazine.

plar de la revista *Spare Rib* como prueba de su feminismo radical y, por extensión, de su incapacidad como madre.

Los años que transcurren entre los dos momentos de esta novela están entre los más importantes en la historia del movimiento por los derechos de las personas homosexuales. En 1988, el Gobierno conservador, presidido por la primera ministra Margaret Thatcher, incorporó a la ley la ahora infame Sección 28, que prohibía a las autoridades locales enseñar que «la homosexualidad fuese aceptable como pretendida relación familiar».* Las siguientes décadas de restricciones habrían tenido consecuencias reales y dolorosas para profesoras como Hazel. Asimismo, el clima de homofobia adoptado por el Gobierno habría formado la educación de Maggie, y, sin duda, la decisión de Heron de no sincerarse con su hija mucho antes.

El lado positivo es que esas décadas fueron también lugar de cambio real. Cambios en las actitudes y la legislación que suponen que encontremos a esos personajes en una época bastante diferente de la primera en la que los encontramos. Al final, la revocación de la Sección 28 (2003), la introducción de la pareja de hecho (2005) y después la legislación para el matrimonio igualitario (2014), además del acceso legal a la fecundación in vitro para parejas del mismo sexo (2009), han conllevado que «la posibilidad de ser padres o madres pueda figurar en los futuros imaginados de las relaciones LGBTQ».**

Mientras escribía este libro a menudo me sentí abrumada por el coraje demostrado por partidarias y activistas que se enfrentaron a lo que debió de ser un muro inexpugnable de

---

* Para más información, ver la excelente guía sobre el asunto *Outrageous!: The Story of Section 28 and Britain's Battle for LGTB Education*, Reaktion Books, 2022.

** Gabb, Jacqui, «Unsettling lesbian motherhood: Critical reflections over a generation (1990-2015)», *Sexualities*, vol. 21, n.º 7 (2018), pp. 1.002-1.020.

217

presión legal y política. Todos los casos sobre custodia que leí eran una historia de sacrificio y aflicción. Madres verdaderas y niños verdaderos. Algunas de esas familias reconocían que la ley no las protegía y encontraban formas para aprovechar al máximo los acuerdos privados. Otras se arriesgaban, y a menudo libraban batallas legales por la custodia a lo largo de varios años. Soy una receptora directa de su valentía y su perseverancia, y les estoy agradecida.

Aunque los personajes de esta novela son todos obras de ficción, las palabras de los abogados y del juez en la escena del tribunal, que se repiten en los documentos legales, no lo son. Sus palabras quedan aquí recogidas como un recordatorio de que ese pasado reciente queda muy lejos. Y muy cerca.

AGRADECIMIENTOS

A riesgo de exponernos a ambas a nuestras emociones felizmente reprimidas, mi más sincero agradecimiento a mi editora, Kaiya Shang. No es habitual que tu vida cambie por completo un viernes de enero por la tarde. Gracias por hacer eso por mí y por cuidar este libro con tanto esmero desde entonces. Estoy impresionada por el equipo de Chatto & Windus, que ha trabajado muy duro para que este libro llegara a manos de los lectores: gracias a Sam Stocker, Becky Hardie, Katrina Northern, Anna Redman Aylward, Julia Connolly y a todos los que lo han hecho posible. Mi más sincero agradecimiento a Emma Finn, la más brillante de las agentes. Es imposible agradecerte lo suficiente tus conocimientos y consejos. Si una tarta de cumpleaños te ayudara, por favor, dímelo. Gracias a Saida Azizova por sus excelentes comentarios sobre la primera versión, y a Sarah Fuentes, de UTA, por sus inspiradoras preguntas sobre el borrador final. Muchísimas gracias a Kate Burton y al equipo de derechos de C&W por todo lo que han hecho para dar a conocer esta historia al mundo.

Tengo mucha suerte de tener amigos que sonríen educadamente cuando les digo que mi propósito de Año Nuevo es escribir una novela. Gracias a todos los que han soportado mis diatribas sobre las estadísticas de custodia en diversos momentos y situaciones sociales.

Gracias por seguir invitándome a eventos, a pesar de eso.

Por último, gracias a Bethan, por su heroica tolerancia y por leerlo antes que nadie.Y a mis mejores amigas, Orla, Megan y Wren. Siento no tener fotos. Probablemente tengáis razón, esos libros suelen ser más divertidos.